リンゴの木

ゴールズワージー
三浦新市＝訳

角川文庫 15436

『黄金のリンゴの木、歌うたう乙女たち、
金色に映えるリンゴの実』[一]
マレー[二]訳「ユーリピディーズ[三]のヒポリタス」より

銀婚式の日、アシャースト夫妻は、デヴォンシャーの荒野《ムア》のはずれをドライヴしていた。

二人が初めて知り合ったトーキィ[四]で一夜を過して、今日の祝いの最後を飾ろうというのだった。これは、妻ステラの思いついたことで、彼女の性格にはどこか少し感傷的なところがあった。

二十六年前、あんなにす早く、あんなに不思議にも、アシャーストの心をとらえてしまった、あの青い瞳《ひとみ》の、花のような魅力や、顔や姿の冷めたく、きゃしゃな感じの清純さや、リンゴの花のような肌の色は、もう消え失《う》せてしまっているにしても、四十三歳の今、彼女は今もなお、きれいで、貞淑な伴侶《はんりょ》だった。

その彼女の頬にはかすかにそばかすができ、灰色がかった青い瞳《ひとみ》にはある豊かさが加わっていた。

左手には共有地が急斜面をなして高くなり、右手にはところどころに松を交えた落《か》葉松《らまつ》とぶなの林が細長く伸びて、いよいよ本格的な荒野になる高い丘と、道路との間にある谷間の方に、つづいていた。そこにステラは車をとめた。彼女は昼食をとる場所を探していたのだった。というのは、アシャーストときたら、およそ、そんなことをするような人間ではなかったからだ。

ここは、金色《こんじき》のえにしだと、五月間近い陽光の下にレモンの香りを漂わせている、羽毛《はねげ》のような緑の落葉松《からまつ》との間にあり——深い谷間と、えんえんとつづく荒野の丘が一望のもとに眺められた。

水彩画のスケッチをし、ロマンチックな場所の好きな、きびきびした性質のステラには、ここはおあつらえむきの場所のようだった。彼女は、絵具箱をかかえて、車を降りた。

「あなた、ここでどう？」

アシャーストには、どこか詩人シラー[五]にあご髯《ひげ》を生やしたようなところがあった。両端が白くなった髯、高い背、長い足、時折物思いにふけると、輝くばかりに美しくなって、遠くに思いを馳《は》せるような大きな灰色の眼、少し片方にゆがんだ鼻、髯の間に少し開いた唇――四十八歳のアシャーストもまた、黙ったまま、弁当を入れたバスケットをもって、車を降りた。

共有地の頂からきている小道が道路に直角に交叉《こうさ》し、細長い森をつきぬけて、門に通じていたが、その道端には、まばらに生えている芝草におおわれた、六フィートに一フィートの塚があって、その西の方にみかげ石がおいてあり、その上には、誰が手向けたのか、一枝のりんぼくの小枝と一握りのおだまきがおいてあった。

それに眼をやったアシャーストの心の中には詩情がわきおこった。十字路にあるからには――自殺者の墓だ！　かわいそうに、迷信に憑《つ》かれた人間ども！　しかし、誰だろうと、ここに眠っている者が一番いいことをしているわけだ――くだらないことを彫りつけた、いやらしい他の墓にとりまかれた、ひやりとする墓などではなく――ただ、荒削りの石に、広々とした空、道行く人々の恵みがあるのだ！

そして、一家団欒《だんらん》の中では、哲学者ぶらないようにすることを心得ているアシャーストは、何とも言わずに、共有地の方へさっさと登って行って、弁当のバスケットを石がきの下におき、妻が腰をおろせるように敷物をひろげた――お腹がすけば、妻はスケッチをやめて来るだろう――そして、ポケットからマレー訳の『ヒポリタス』をとり出した。

『シィプリアン』[六]とその復讐《ふくしゅう》の話をやがて読み終えて、空を眺めた。紺碧《こんぺき》の空にくっきりと映えた白雲を見つめながら、アシャーストは、自分の銀婚式の日に、何とはなしに憧《あこが》れを感ずるのだった。

生活にしっくりしていないものだ——人間の組織というものは！　人間の生活様式がどんなに高潔で実直であっても、その底には、貪慾《どんよく》と憧憬《しょうけい》と浪費感が常に流れている。女もまたそうだろうか？　いや誰にもわかりゃしないのだ。

しかも、男たちは、新奇なものに対する欲望にかられ、新しい冒険や、新しい危険や、新しい快楽に対する奔放な欲望を満足させるのだが、彼等は、必らず、飢餓とは相容《あいい》れない飽満のために苦しむのだ。

どうしてもこれから逃れることはできないのだ——うまくできてない動物なんだ、文明人という奴は！　あの美しいギリシャ人のコーラスに歌われた、『黄金のリンゴの木、歌うたう乙女たち、金色に映えるリンゴの実』のような、文明人の好《す》く楽園はあり得ないのだ。

美的感覚をもった人間には、この世に到達できる理想郷も、永遠の幸福の港もあり得ないのだ——芸術品の中にとらえられて、永遠に記録され、見るか読むかすれば、常に同じ高貴な法悦感と安らかな陶酔とを与えてくれる美しさに及ぶものはあり得ないのだ。

確かに、人生にも、そのような美の要素をもった、自《おのずか》ら迸《ほとばし》り出る、はかない歓喜の瞬間があるだろう。しかし、困ったことに、その瞬間は、一片の雲が太陽の上を通りすぎる程の束の間しかつづかないのだ。

芸術が美をとらえて、永遠のものとするように、その瞬間をとどめておくことはできないのだ。その瞬間は、自然の中にあって明滅する金色《こんじき》の霊魂の幻か、遠く思いを馳《は》せて瞑想《めいそう》にふける精霊のきらめきのように、はかなく消えて行くのだ。

ここでは、太陽がさんさんと顔を照らし、かっこうがさんざしの木の上で歌い、空中に、はりえにしだが蜜《みつ》のような香りを放っている――ここでは、若羊歯《わかしだ》の小さな葉や星のようなりんぼくの茂みにかこまれ、まばゆい雲が丘や、夢とかすむ谷間の上高く流れすぎて行く――今こそ、ここにそのようなひと時があるのだ。だが、忽《たちま》ちにして、それは消えて行くだろう――岩かげから見ている牧羊神パンの顔が、じっと見つめると、消えてしまうように。

彼は急に起き上った。確かに、この景色、共有地のここに、あの細い道、うしろの古びた石がきに、何か見憶《みおぼ》えがあった。

二人でドライヴしていた時には、気にもとめなかった――遠くに思いを馳《は》せていたためだろうか、或《あるい》は、そこはかとないことを考えていたためだろうか、少しも気にとめなかった――だが、今、わかったのだ！

二十六年前のちょうど今頃、彼は、今いるこの場所から半マイルもない農家から、トーキィの町に出かけ、あの日から今まで、行ったきり二度と戻らなかったとも言えるのだ。突然、彼の心は痛めつけられた。

彼は、生涯の過ぎ去ったあの日のことを偶然思い出したのだ――あの美しさと歓《よろこ》びをとらえることができず、その翼は羽ばたきして未知の世界へと飛び去ったあの日のことを。

彼は、埋れていた思い出、忽ち夢と消え去ってしまった狂おしい甘いひと時に、はからずも心をいためた。彼はうつむいて、両手で顎《あご》を支え、小さな青いひめはぎの生えている草むらをじっと見つめた。

そして、次のようなことを思い出したのだった。

1

大学の最終学年を一緒に終えて、五月の一日、フランク・アシャーストと友人のロバート・ガートンは徒歩の旅をしていた。

二人は、その日、ブレント[七]から歩いて、チャグフォード[八]まで行く積りだったが、アシャーストの蹴球《しゅうきゅう》で痛めた膝《ひざ》はまいってきたし、地図を見ると、まだ七マイルばかり歩かねばならなかった。

二人は、路傍の土手の、一本の小道が森のわきで道路と交叉している辺りに腰をおろして、膝を休めながら、青年がよくやるように、宇宙について語り合っていた。

二人とも六フィートを越え、レールのように瘦《や》せていた。アシャーストは、青白い顔をして、理想家肌で、ぼんやりしたところがあり、ガートンは、風変りで、偏窟《へんくつ》で、体は節くれだって、毛はちぢれ、何か原始時代の動物を思わせた。二人とも文学青年らしく、帽子もかぶっていなかった。

アシャーストの髪の毛は、なめらかで、色薄く、うねりがあり、いつもうしろへかきあげているように、額の両側のところが逆立ち勝ちだった。

ところが、ガートンの髪の毛は、黒く、得体の知れない棒雑巾《ぞうきん》のようだった。二人は、何マイルもの間、人っ子一人に出会わなかった。

「おい、君」と、ガートンが言った。「同情なんて、自己意識の産物にすぎないんだぜ。そりゃあ、ここ五千年の病気さ。あんなもののない世の中の方がよかったな」

アシャーストは、去り行く雲を見つめながら答えた。

「とにかく、そりゃあ、牡蠣《かき》の中の真珠のようなもんだよ」

「だけど、君、我々現代人の不幸なんていうものはみんな、同情から生じているんだぜ。動物やアメリカの先住民を見たまえ。あいつ等は、自分自身に時たま起る不幸を感ずるのが精一杯なんだ。ところが、俺たちはどうだ——他人の歯の痛いことまで気づかわずにいられないんだ。もう誰にも同情などしないで、もっと楽しく暮したいもんだな」

「実際にやるとなると、そうはいかないよ」

ガートンは、考えこみながら、もしゃもしゃした髪の毛を掻《か》きむしった。

「一人前に大きくなるには、こせこせしちゃ駄目だ。情緒的なうるおいがなくちゃいかん。どんな情緒でもみんな役に立つし、人生を豊かにするんだ」

「そりゃあ、そうさ。だけど、その情緒が騎士道と衝突でもしたら？」

「ああ！　君は、ひどくイギリス人臭いことを言うんだね！　情緒なんてことを言うと、イギリス人て奴は、いつでも、何か肉体的なものを求めているんだと思って、びっくりするんだよ。あいつ等は、情熱を怖がるくせに、色欲を怖がらないんだ——ああ、いや、それを秘密にしとける間はね」

アシャーストは、黙っていた。青い小花を摘んで、それを空にかざして、もてあそんでいた。かっこうがさんざしの木蔭《こかげ》で鳴き出した。空、花、小鳥の歌声！　ロバートの奴、大きなことを言いやがって！　それから、彼は、こう言った。

「さあ、出かけて、どこか泊めてくれる農家を見つけよう」そう言いながら、彼は、一人の乙女が、すぐ上の共有地から降りて来るのに気づいた。籠《かご》をもっているその乙女の姿は、青空を背景にして、くっきりと映え、その弓なりに曲げた腕のすき間から青空が見えた。アシャーストは、すっかり乙女の美しさに見とれ、「なんて可愛い娘《こ》だ！」と思った。

風は、黒いフライズ織りのスカートを彼女の足にからませ、くしゃくしゃになった、孔雀《くじやく》色の大黒帽子《タモシャンター》を吹き上げた。鼠色がかったブラウスはすり切れて古び、靴は破れ、小さな両手は赤く荒れ、襟首は小麦色に日焼けしていた。彼女の黒い髪の毛は、広い額にもつれて波打ち、顔は丸く、上唇は小さく、ちらりと歯並みが見え、眉《まゆ》は一の字に黒く、睫《まつげ》毛は長くて黒く、鼻はまっすぐに筋が通っていた。

しかし、彼女の灰色の眼は、すばらしかった――それは、まるでその日初めて見開いたかのように、露のようにさわやかだった。彼女は、アシャーストを見つめた――おそらく、彼女はアシャーストを変に思ったのだろう。帽子もかぶらず、片足をひきずり、大きな眼を向け、髪の毛は逆立っていたのだから。

彼は、頭にかぶっていないものをぬぐわけにもいかないので、片手をあげて挨拶《あいさつ》して、言った。

「ちょっと、伺いますが、この近くに僕たちを泊めてくれる農家はありませんか？　僕、片足がいうこときかなくなっちゃったんです」

「この近くじゃ、うちだけですわ」彼女は、はにかみもせずに、きれいな、やさしい、歯切れのいい声で答えた。

「で、あなたの家はどこなんですか？」

「この下の方ですの」

「泊めて戴《いただ》けませんか？」

「ええ！　お泊めできると思いますわ」

「では、案内して戴けませんか？」

「ええ、致しましょう」

アシャーストは、片足をひきずりながら、黙って歩いて行った。やがて、ガートンは、いろいろと尋ねるのだった。

「あなたはデヴォンシャーの娘さんなの？」

「いいえ、違いますわ」

「じゃあ、どこ？」

「ウェールズ[九]なんですの」

「そう！　僕はあなたがケルト人[一〇]だと思った。じゃあ、あなたの家じゃないんですね？」

「叔母《おば》さんの家なんですの」

「じゃあ、叔父《おじ》さんの家なんですね？」

「叔父さんは亡くなりましたわ」

「それじゃ、どなたが農場をやるの？」

「叔母と三人の従兄弟《いとこ》です」

「だけど、叔父さんはデヴォンシャーの人だったんでしょう？」

「ええ、そうですの」

「ここへ来て長くなるの？」

「七年になりますわ」

「ウェールズから来て、こちらをどう思います？」

「わかりませんわ」

「憶《おぼ》えてないんでしょう？」

「いいえ、憶えていますとも。でも、こちらはウェールズと違うんですもの」

「そうだろうね！」

アシャーストは、急に口を出して、

「年はいくつなの？」

「十七です」

「で、名前は？」

「ミーガン・ディヴィッド」

「こちらはロバート・ガートン。僕はフランク・アシャースト。僕たち、チャグフォードまで行こうと思ってたんです」

「おみ足がお痛みで、お気の毒ですわ」

アシャーストは微笑んだ。その時の彼の顔は、いささか美しかった。

小さな森を通って下りて行くと、農家のところにぱったり出た――それは、開き窓のある、細長い、低い石造りの家で、庭には豚や鶏と一緒に年老いた牝馬《ひんば》が一頭遊んでいた。

家の後の、低い、切り立った草地の丘には、数本のスコットランド樅《もみ》の木が生え、家の前には、ちょうど蕾《つぼみ》のほころびかけたリンゴの木の古びた果樹園があって、それは小川から細長い荒れ果てた牧場《まきば》の方まで伸びていた。

斜視の、黒い眼をした小さな男の子が豚を一匹世話していた。家の戸口のところには、一人の婦人が立っていたが、彼等の方へやって来た。少女は、

「叔母のナラコーム夫人です」と言った。

その『ナラコーム叔母』は、野鴨の母鳥みたいで、すばしこい黒い眼をして、首のあたりが幾分蛇のようにくねっていた。

「僕たち、姪御《めいご》さんに途中でお会いしたんですが」とアシャーストは言った。「おそらく、泊めて下さるだろうというお話でしたので」

ナラコーム夫人は、二人を頭の先から足の先まで、じろじろ見ながら答えた。

「そうですね。一部屋でおよろしければ、結構ですよ。ミーガン、あいているお部屋を用意しなさい。それから、お鉢にクリームの用意もね。みなさん、お茶が欲しいん

でしょうね」

二本の水松《いちぃ》の木と花の咲いたすぐりの茂みで出来ている玄関《ポーチ》まがいのところを通って、ミーガンは、孔雀《くじゃく》色の大黒帽子《タモシャンター》を、すぐりの薔薇《ばら》色と水松の濃い緑色にぱっと輝かせて、家の中へ消えて行った。

「居間へいらして、おみ足をお休めになったら？　あなた方、大学の学生さんでしょう？」

「そうだったんですが、今度卒業したんです」

ナラコーム夫人は、いやにとりすまして、うなずいた。

その居間は、煉瓦《れんが》を敷きつめた床で、むき出しのテーブルと馬の毛をつめた、ぴかぴかした椅子とソファがおいてあり、一度も使ったことがないように、すごくきれいだった。

アシャーストが、両手で痛めた方の足の膝《ひざ》を抱えて、すぐさまソファに腰をおろした時、ナラコーム夫人は、彼をじっと見ていた。アシャーストは、死んだ化学教授の一人息子だったが、時折、超然として他人のことに無頓着《むとんちゃく》な彼には、何か貴族的なところが見受けられた。

「水浴びのできそうな小川がありますか？」

「この果樹園の下のところに、小川が流れています。でも、坐《すわ》ったところで肩までつかりませんでしょうね！」

「深さはどの位あるんですか」

「そうね、一フィート半くらいかしら」

「じゃあ！　それなら大丈夫。どちらですか？」

「小道を下りて、右側の二つ目の門をくぐりなさると、一本だけぽつんと立っているリンゴの木のそばに澱《よど》みがあります。そこには、鱒《ます》がいましてね、うまくすれば、手づかみできますよ」

「いや、僕たちの方がつかまえられそうだな！」

ナラコーム夫人はにっこり笑って、「お帰りになったら、お茶にしましょうね」と言った。

岩にせきとめられて出来ているこの澱《よど》みは、砂底だった。例の大きなリンゴの木は、果樹園中一番低く、澱《よど》みのまぎわにすれすれに生えていたので、その大枝がほとんど水面にかぶさっていた。青葉が繁り、今にも咲き出すばかりで――紅の蕾がちょうどほころびかけていた。

この狭い水浴び場に、二人が一緒に入ることはできなかったので、アシャーストは、自分の番を待つ間、痛む膝をこすりながら、荒れ果てた牧場をじっと眺めていた。牧場には、岩や、さんざしの木や、咲き匂う野花が一面にあり、遥《はる》か彼方《かなた》の平坦《へいたん》な小高い丘の上には、ぶなの木立があった。枝は風にゆらぎ、春の小鳥は歌い、傾いた日ざしは草原をまだらに染めていた。

アシャーストは、ギリシャの牧歌詩人セオクリタス[二]や、チャーウェル河[三]や、月や、あの露のようにさわやかな眼をした乙女のことなどを考えた。あまり、いろいろのことを考えたので、何も考えないような気もした。そして、彼は非常に幸福に感じたのだった。

2

卵にクリームとジャム、それにサフランの風味をそえた薄いできたてのケーキまでついた夕暮れのぜいたくなお茶をとりながら、ガートンは、ケルト民族について、喋《しゃべ》りまくった。

ちょうどケルト民族精神復活運動[三]の行われていた時だったし、それに、この家庭にケルト人の血が流れているということを知り、自分もケルト人だと信じているガートンは興奮した。馬の毛をつめた椅子にふんぞりかえって、手製の巻煙草をへの字にした口に横にくわえながら、冷めたい針先のように鋭い視線をアシャーストの眼に投げかけて、ウェールズ人の洗練されていることをほめていた。

ウェールズからイングランドに来るなんて、まるで瀬戸物から土器に変るようなもんさ！　ところで、フランク、貴様みたいなイングランド人なんぞにゃあ、あのウェールズ娘の何とも言えない洗練さも、感受性も、もちろん気づきはしないだろうなあ！

そう言って、ガートンは、まだ濡《ぬ》れている、もつれた黒い髪を手際よくかきまわしながら、彼女が十二世紀のモーガン・アプ何とかいう、ウェールズの吟遊詩人の詩そっくりの娘だと説明した。

アシャーストは、馬の毛をつめたソファに、端から足先をつき出して、長々とねそべり、濃い色のパイプをくゆらせながら、ガートンの話などには耳もかさずに、ケーキのお代りをもって来た時の少女の顔を思い浮べていた。

それは、ちょうど一輪の花か、或は大自然の何か美しい光景を眺めているようだった——とうとう、少女は、妙にちょっと体を震わせて、眼を伏せ、二十日鼠のようにそっと出て行ってしまった。

「さあ、台所へ行って、も少し、あの娘《こ》を見ようよ」とガートンが言った。

台所は白く塗ってあって、垂木には燻製《くんせい》のハムがぶら下っていた。窓敷居の上には植木鉢がおいてあり、釘《くぎ》には銃がかけてあり、一風変った湯呑《ゆの》み、瀬戸物、しろめ製の器、それに、ヴィクトリヤ女王の肖像画などがあった。

高く吊《つる》した一さげの玉ねぎの下には、白木の細長いテーブルがあって、鉢やスプーンがおいてあった。羊の番犬が二匹、猫が三匹、そこここにねそべっていた。壁にきりこまれた炉の傍には、男の子が二人、何もしないで、おとなしく坐っていた。

その反対側には、頑丈な、薄色の眼をした、赫《あか》ら顔の青年が坐っていた。その髪の毛や睫毛《まつげ》は、銃身の手入れに用いている麻くずの色とそっくりだった。その間で、ナラコーム夫人が大きな鍋《なべ》の何かおいしそうな匂いのシチューをぼんやりとかきまわしていた。

この他に、二人の男の子とそっくりで、斜視の、髪の毛の黒い、ちょっとずるそうな顔をした青年が二人、話し合いながら、壁によりかかっていた。更にもう一人、コールテンのズボンをはいた、小柄の、かなり年をとった、髯《ひげ》をきれいにそった男が窓辺に腰をおろして、くしゃくしゃの新聞に読みふけっていた。娘のミーガンだけが――リンゴ酒を汲《く》んでは、水差しをもって樽《たる》からテーブルへ行ったり来たりして――一人で働いているようだった。こうして、みんなが食事をしようとしているのを見て、ガートンは、

「それじゃ、よろしければ、夕食がお済みになってから、また来ます」と言って、返事も待たずに、二人は再び居間に引きさがった。しかし、台所のあの色彩、あの暖かさ、あの匂い、それに、あの人たちの顔を思い浮べるにつけて、自分たちのいるぴかぴかした部屋が一層物さびしく感じられ、二人はむっつりして、再び椅子に腰をおろした。

「本物のジプシー型《タイプ》だよ。あの男の子たちちゃあ。サクソン型《一四》は一人きりだったね――

銃の手入れしていた奴さ。あの娘《こ》は、心理学的に、とても微妙な研究材料だよ」

アシャーストは唇をゆがめた。全くこの時彼にはガートンが阿呆《あほう》に見えた。何が微妙な研究材料か！　あの娘《こ》は野の花だ！　眺めるだけでも人を楽しませるものだ。それを研究材料なんて！

ガートンは言いつづけた。

「情緒の点から言えば、あの娘はすばらしいだろうぜ。目覚めさせてやればいいんだ」

「君があの娘を目覚めさせてやろうというのかい？」

ガートンは、アシャーストの方を見て、にやっと笑った。『君って奴はなんてがさつで、イギリス的なんだ！』と、口をゆがめた冷笑が、言っているようだった。

アシャーストは、パイプをふかした。あの娘を目覚めさすんだって！　この阿呆《あほう》め、いい気になっていやがる！　アシャーストは窓を押しあげて、上半身を乗り出した。

もう、夕闇が濃く立ちこめていた。農場の建物も、水車小屋も、みな夕闇の中に薄青くかすみ、リンゴの木は、ただおぼろにかすんだ荒野のようにひろがっていた。辺りには、台所で薪をもす煙の匂いが漂っていた。仲間より遅れて、ねぐらに急ぐ鳥が一羽、夕闇に驚いたかのように、気ぬけした声で鳴いていた。廏《うまや》からは、秣《まぐさ》を食べる馬の鼻息や蹄《ひづめ》の音が聞えて来た。遥か彼方には、荒野が夕闇の中にかすんで見え、更にその向うには、淡い光を放つ星が恥ずかしそうに、濃い青色の夕空に白くまたたいていた。

ふくろうが一羽、震え声でほーほーと鳴いた。アシャーストは深く息を吸いこんだ。戸外をぶらつくには、なんといい夜だ！　蹄鉄《ていてつ》をつけない蹄《ひづめ》の音が小道に聞えて来て、三つのほのかな黒い影が通り過ぎた――小馬の夕方の運動なのだ。小馬たちの頭は、黒くぼんやりと、門の上に見えた。彼がパイプをぽんとたたいて、小さな火の粉が乱れ散ると、小馬たちはびっくりしてとびのき、とっとかけて行った。蝙蝠《こうもり》が一匹、ほとんど聞きとれないようなかすかな声で、ちゅっちゅっと鳴きながら、羽音を立てて飛んで行った。

アシャーストが片手をさし出すと、掌《てのひら》の上が夜露に濡れた。突然、頭の上の方から、小さな、舌のまわらないような男の子の声が聞え、靴をぬぎ捨てるどしんどしんという小さな音がしたかと思うと、またべつの歯切れのいい、やさしい声が聞えた――きっと、あの娘《こ》が子供たちを寝かしているのだろう。

それから、「駄目よ、リック、猫をベッドの中に入れちゃ」という言葉が一語一語はっきりと聞えて来て、それに続いて、くすくす笑う声、きゃっきゃっ騒ぎ立てる音、軽く打つ音、アシャーストをいささか身震いさせるほど、低い、可愛い笑い声が聞えた。

息をふきかける音がしたかと思うと、頭上の夕闇の中にちらちらしていた蠟燭《ろうそく》の明りが消えて、辺りは静まりかえった。アシャーストは部屋の中へ戻って、腰をおろした。膝《ひざ》は痛み、心は重かった。

「君は台所に行ったらいいさ。僕はもう寝るんだ」と彼はガートンに言った。

3

アシャーストにとって、睡眠は、いつも、音もなく、滑らかに、くるくる廻《まわ》る車のようだった。ガートンが入って来た時、彼は、ぐっすり眠っているように見えたが、実は、すっかり眼がさめていた。ガートンが、この屋根の低い部屋の、もう一つのベッドにもぐって、鼻を上にむけて暗闇を拝むような恰好《かっこう》で寝こんでしまってからも、彼はずっとふくろうの声を聞いていた。

膝が痛いという以外に、べつに不愉快ではなかった――人生の数々の苦しみも、この青年には、眠られぬ夜でさえ、大したものではないように思われた。

実際、彼には何の心配もなかった。弁護士の資格を得たばかりで、向学心に燃え、前途は洋々としており、父も母もなかったが、彼自身のために年四百ポンドの遺産があった。どこへ行こうと、何をいつしようと、かまわないじゃないか？

それにまた、彼のベッドが固かったので、彼は興奮せずにすんだ。彼は、枕もとの開け放された開き窓から、天井の低い部屋に流れ込んでくる夜の香りをかぎながら、横になっていた。

人と一緒に三日も徒歩旅行をすれば、いらだたしい気持になるのは当り前なことだが、友人に対して抱いたある種のいらだたしい気持を除けば、この眠れぬ夜の彼の思い出や幻想は、心地よく、なつかしく、興奮させるようなものだった。

今まで気にもとめなかったので、何かわけのわからないものだったが、ただ一つ、特に、はっきり思い出された姿は、あの銃の手入れをしていた青年の顔だった。

じっと、無神経に、そのくせ、きょろきょろと、台所の戸口の方を上眼使いに見ていたのに、例の娘がリンゴ酒の水さしを運んで来ると、さっとその方に視線を向けた。青い眼に、薄い睫毛《まつげ》、亜麻色の髪の毛をしたその赫《あか》ら顔が、あのみずみずしく、あどけない娘の顔と同じように、彼の記憶にしみ込んでいたのだった。

だが、とうとう、カーテンのない開き窓越しに見える真四角な暗闇の中に、夜のほのぼのと白んで行くのが見え、烏がしわがれた声で、眠そうに一声、カァ！　と鳴くのが聞えた。

それから、また前と同じように、静まりかえったが、やがて、まだ覚めきらぬつぐみの囀《さえず》りが辺りの静けさを破った。そして、窓枠の中に白んで行く光を見つめながら、アシャーストは眠りに落ちていった。

明くる日、アシャーストの膝はひどく腫《は》れ上ったので、歩いて旅をすることは、もう、できなかった。ガートンは、次の日にはロンドンに帰っていなければならなかったので、その日の昼頃、皮肉な微笑を浮べて出発した。

その微笑には、いささか癪《しやく》にさわっていらいらしたが――それも大股《おおまた》に歩いて行くガートンの後姿が、急な小道の角を曲って見えなくなった途端に、忘れてしまった。

一日中、アシャーストは、水松《いちい》の木の玄関《ポーチ》のそばの草むらの上にある、緑色に塗った木の椅子にかけて、痛む膝を休めていた。そこには、ふりそそぐ陽光の中に、あらせいとうや、においあらせいとうの香りが立ちこめ、花すぐりの茂みの匂いがかすかに漂っていた。この上ない満ち足りた気持で、アシャーストは、煙草をすい、夢想し、景色を眺めていた。

春の農園では、あらゆるものが生れ出る――花の蕾《つぼみ》や種子《たね》の殻を破って出て来る新しい生命も、かすかに胸をときめかせて、その経過を見守りながら、生れ出たものをはぐくむ人間も。

アシャーストがあまりじっとして坐《すわ》っていたので、母親のあひるが、黄色い首に、鼠色の背中をした六羽のひなをつれて、彼の足元の草の葉で、小さな嘴《くちばし》をとがせに、内股によちよち歩きながら、威張ってやって来た。時折、ナラコーム夫人か、姪《めい》のミーガンがやって来ては、何か用はないかと尋ねるのだったが、彼は、にっこりして、

「ありがとう。べつに何も。ここはすばらしいところですね」と言うのだった。

お茶の時間になる頃、二人が一緒に出て来て、鉢に入れた、何か黒っぽいものにひたした長い湿布をもって来て、彼の腫《は》れ上った膝を長いこと、じっと真剣に調べてから、その湿布をまいてくれた。二人が行ってしまうと、アシャーストは、ミーガンのやさしい、「まあ!」という声——や、同情を寄せた瞳《ひとみ》や、額によせた小さな皺《しわ》などを思い浮べるのだった。

そして、また、ミーガンのことについて、あんなくだらないことを言って、出発して行ったガートンに、わけもなく、いらだたしい気持を抱くのだった。ミーガンがお茶をもって来た時、アシャーストは尋ねた。

「ミーガン、僕の友達どう思った?」

彼女は、笑ったら失礼じゃないかと思ったらしく、上唇をぐっとしめて、「あの方、滑稽《こっけい》な方でしたわ。私たちを笑わせて。とても利口な方だと思いますわ」

「何って言って笑わせたんです?」

「私が吟遊詩人の娘だっておっしゃいましたの。吟遊詩人て、何ですの?」

「今から何百年も前にいたウェールズの詩人たちのことなんですよ」

「どうして私がその娘なんておっしゃるのかしら、教えて?」

「あいつの言うのはね、君がその詩人たちの詩に歌われた娘そっくりだってことなんですよ」

ミーガンは眉《まゆ》をしかめ、「あの方、冗談がお好きなんだわ。私、本当にそうかしら？」

「僕が言ったなら、信じてくれる？」

「ええ、信じますわ」

「それじゃ、あいつの言ったことは、本当だと俺は思うね」

ミーガンはにっこり笑った。

そして、アシャーストは、『君はなんて可愛いんだろう！』と思った。

「あの方、また、ジョーがサクソン型《タイプ》だとおっしゃいましたわ。なんのことですの？」

「ジョーってのは、どっち？　眼の青い、赫《あか》ら顔の方？」

「ええ、叔父《おじ》の甥《おい》ですの」

「じゃ、君のいとことは違うんだね？」

「ええ」

「そうね、あいつの言ったのはね、千四百年ほど前にイギリスへ渡って来て、それを征服した人たちにジョーが似ているってことさ」

「まあ！　その人たちのこと、私存じていますわ。でも、ジョーが似ていますかしら？」

「ガートンの奴は、そのようなことにかけちゃ、夢中でね。だけど、僕だって、ジョーはいくらか昔のサクソン人に似ていると思うよ」

「そうですわ」

ミーガンの「そうですわ」と言ったのを聞いて、アシャーストはくすぐったい気持になった。それを彼女は、とてもてきぱきと、やさしく、きっぱりと答え、しかも自分には明らかにわからないことに、しとやかに同意したのだった。

「あの方、ほかの男の子たちはみんな本当のジプシーだなんて……。だけど、あんなことおっしゃらなければいいのに。叔母《おば》さんは、笑っていらしたけど、やっぱり、いい気持はなさらなかったし、いとこたちは怒っていましたわ。叔父さんはお百姓だったんですもの――お百姓はジプシーとは違うわ。人の気持を傷つけるなんて、いけないことだわ」

アシャーストは、ミーガンの手をとって、握りしめたかった。しかし、ただこう答えただけだった。

「そのとおりだよ、ミーガン。ところで、僕は昨夜《ゆうべ》、君が子供たちを寝かしつけているのを聞いたよ」

彼女の顔はちょっと赤くなった。「どうぞ、お茶を召し上って——冷めたくなってしまいますわ。入れかえましょうか？」

「何か、自分のことをする時間がある？」

「ええ、ありますわ」

「気をつけて見ていたんだけど、君にそんな時間があったとは思えないね」

ミーガンは、当惑の色を浮べて、眉をひそめ、一層顔を赤らめた。

彼女が行ってしまった時、アシャーストは、『あの娘《こ》は、僕がからかってると思ったかしら？　そんな積りは毛頭なかったんだ！』と考えた。ある男性は、かの詩人が言うように、「美人が花」に見え、その胸のうちに、騎士的な考えを呼びさますが、彼はちょうどその年頃だった。

彼はあまり周囲のことに注意していなかったので、しばらくしてから、やっと、ガートンの言った例の「サクソン型《タイプ》」の青年が廏《うまや》の戸口の外に立っているのに気がついたのだった。

その青年は、汚れた茶色のコールテンのズボンに、泥まみれのゲートル、それに青シャツというひときわ目立った恰好《かっこう》をして、赤い腕に、赭《あか》ら顔、陽光を浴びて麻色から亜麻色に変って見える髪の毛、全くのっそりと、がん固そうに、にっこりともせずに、立っていた。

やがて、アシャーストが自分の方を見ているのに気がつくと、その青年は、ゆっくりと、一歩一歩力を入れて歩かなければ恥だと思い込んでいる、田舎の若い衆らしい歩き振りで、中庭を横切って、家の端を廻《まわ》り、台所の入口の方へ姿を消した。

アシャーストは、ぞっと寒気がした。阿呆《あほう》か？　いくら善意があっても、あいつ等と折り合って行けるもんか！

だが、ミーガンを見るがいい！　彼女の靴はさけ、手は荒れている。しかし、――それが何だ？　ガートンの奴が言ったように、本当にケルト人の血が流れているためだろうか？――あの娘《こ》は、生れながらの貴婦人だ！　宝石だ！　おそらく、やっと読み書きができるくらいだろうが。

昨夜、台所で見かけた、かなりの年の、髯《ひげ》をきれいにそった男が、犬を一匹連れ、乳をしぼるために、牛を追いながら、中庭に入って来た。アシャーストは、その男が片足をひきずっているのに気がついた。

「なかなかいい牛をもっているんだね！」

その男は、顔を輝かせた。長い間苦労をした人がよくやるように、彼は上眼使いに見た。

「ええそらあ、すげえ、ええ牛どもでなあ。乳もよく出るんでね」

「きっと、そうだろうね」

「だんな、足ぁ、じきによくなるとええだにな」

「ありがとう。おかげでよくなってきてるんだよ」

その男は、自分の足をさわった。「おらもそれがどんなもんか知ってるだよ。膝《ひざ》って奴にぁ、えれえ、苦しめられたんでなあ。おらの膝も、この十年ばかし、いけねえんでな」

アシャーストは、同情をよせる声をもらした。それが、楽に暮らせる収入のある人たちからすぐに出てくるような声だったので、その男はまたもや笑った。

「だが、愚痴言っちゃ、いけねえだ――この足ぁ、もちょっとのことで、もぎとられるところだったんでのう」

「ほう！」

「そうでな。前から見りゃ、新《さら》の足とほとんど同じみてえなもんでね」

「僕の膝に、何かすばらしいものを繃帯《ほうたい》してくれたよ」

「あの娘《こ》が摘んだんでな。花のことぁ、よく知ってるだ。何が何によく効くってえことと、よく知っとる人がいるもんでな。おらのお袋も滅多にねえ人だっただよ。だんな、早くよくなられるとええだにな。ほーら、行け、行け！」

アシャーストは、にっこり笑った。「花のことだって！」ミーガンこそ花じゃないか。

その晩、鴨の冷肉に、クリーム菓子、それにリンゴ酒の夕食が終ってから、ミーガンが入って来た。

「叔母が言っているんですけど――うちでつくった五月祭《メーデー》[一五]のお菓子を召しあがりませんか？」

「台所へ食べに行ってもよければね」

「ええ、どうぞ！　お友達がいらっしゃらなくて、お淋《さび》しいでしょう」

「いやべつに。でも、本当に迷惑にならないの？」

「誰が迷惑なもんですか？　かえって、みんな喜びますわ」

アシャーストは、膝が痛いのに、急に立ち上ったので、よろめいて、またもや、腰をおろしてしまった。ミーガンは、はっと息をのんで、両手をさしのべた。

アシャーストは、ミーガンの小さな、荒れた、日焼けした両手をとると、それに口づけしたい衝動にかられた。が、それをこらえて、彼女に立たせてもらった。ミーガンは寄りそって、肩をつかまえさせた。

それで、アシャーストはミーガンに寄りかかりながら、部屋を出て行った。その肩は、アシャーストが今迄《いままで》さわったこともないような、この上もなく気持のいいものに思われた。だが、彼には、帽子掛けから自分のステッキをとって、台所へ行く前に手を引っ込める位の心の落着きはあった。

その夜、アシャーストはぐっすり眠った。目を覚ましてみると、膝はほとんどよくなっていた。彼は、また、草むらの椅子にかけて、詩を書きなぐりながら、午前中を過したが、午後はニックとリックという二人の男の子を連れて、ぶらぶらそこらを歩き廻った。

土曜日だったので、二人とも学校からひけるのが早かった。六つと七つの色の黒い腕白小僧は、すばしこく、はにかみ屋だったが、アシャーストは子供を扱う骨《こつ》を知っていたので、間もなく、よく喋《しゃべ》るようになった。

四時頃までには、二人は、生きものを殺すあらゆる方法をアシャーストにやって見せた。ただ、鱒《ます》を手づかみすることだけはまだだった。それから、半ズボンをまくり上げ、鱒をつかまえる秘術も心得ているぞとばかり、流れの上に腹ばいの恰好でかがみこんだ。もちろん、一匹もつかめなかった。くすくす笑ったり、きゃっきゃっ叫んだりしたので、鱒はみんな逃げてしまったのだ。

アシャーストは、ぶなの茂みの端にある岩の上から、二人を見つめ、かっこうの声に耳をすましていた。やがて、年上だが根気のないニックが上って来て、彼のそばに立った。

「ジプシーのお化けが、あの岩に坐《すわ》るだよ」とニックが言った。

「どんなジプシーのお化けなんだい？」

「知らねえや。一度も見たことねえだ。そこさ坐るだと、ミーガンが言ってるだよ。それに、ジム爺《じい》やが一度見ただとよ。おらとこの小馬が父ちゃんの頭を蹴《け》とばして怪我させた前《めえ》の晩、あそこさ坐ってただと。ヴァイオリンを弾くだとよ」

「どんな曲を弾くんだい？」

「知らねえや」

「どんな恰好してる？」

「真っ黒だとよ。体中、毛だらけだとジム爺《じい》やが言っているだ。ほんとのお化けだとよ。夜になんねえと、来ねえだとよ」その男の子は、斜視の黒い眼をきょろきょろさせて、あたりを見廻した。「お化けがおらを遠くさ連れて行きたがっているだと思うかい？　ミーガンは怖がっているだよ」

「ミーガンはそのお化け見たことあるのかい？」

「ねえだ。ミーガンはおじちゃんを怖がってねえだよ」

「そうだろうな。なぜ怖がらなきゃならないのさ？」

「ミーガンがおじちゃんのためにお祈りしただよ」

「どうして知ってるんだい？　この腕白小僧め」

「おらが寝ている時、ミーガンが『神さま、私たちすべてをお恵み下さいませ。そして、アシェズさまも』と言っただ。おら、低い声で言ってるの聞いただよ」

「まさか聞いていようとは思ってない時に、聞いたことを言うなんて、いけない子だね！」

男の子は黙ってしまった。それから、喰《く》ってかかるように、

「おら、うさぎの皮むけるだよ。ミーガンなんか皮むけねえだ。おらは血が好きだ」

「へえ！　そうかい。君は、ちびの怪物だな！」と言った。

「それ何のこったよ？」

「人を傷つけるのが好きな奴のことさ」

男の子は顔をしかめた。

「皮をむくって、おらたちの食う死んだうさぎだけなのによ」

「そうかい、ニック。じゃ、あやまるよ」

「おら、蛙の皮もむけるだよ」

だが、アシャーストは、うわの空だった。「神さま、私たちすべてをお恵み下さいませ。そして、アシェズさまも！」すると、ニックは、アシャーストが急に近づきにくくなったのに面喰《めんくら》って、流れの方へかけ戻った。とたんに、くすくす、きゃっきゃっという声がまたもや、どっと起った。

ミーガンがお茶をもって来た時、アシャーストは言った。

「ミーガン、ジプシーのお化けって何？」

彼女はびっくりして見上げた。

「それは悪いことをもって来ますのよ」

「ほんとに幽霊がいると思っているの？」

「そんなもの、見たくないと思いますわ」

「もちろん、見やしないさ。そんなものは、いやしないからな。ジム爺《じい》やの見たのは小馬だよ」

「いいえ！　その岩の中にお化けがいますのよ。ずっと昔生きていた人たちですわ」

「いずれにしても、ジプシーじゃないね。その昔の人達っていうのは、ジプシーの来るずっと前に死んじゃったんだよ」

彼女はあどけなく「ジプシーってみんな悪い人たちですわ」

「なぜ？　悪い人たちがいるにしたって、その人たちはただ、うさぎのように野生的なだけなんだよ。花は野生だからといって、悪いということはないんだ。さんざしは人の手で植えられたことのない木だけど——べつにさんざしをいけないとは言わないだろう。夜になったら、出て行って、君のいうお化けをさがし、一つ話をしてみるかな」

「まあ、いけませんわ！　いけませんわ！」

「いいや、やるさ！　行ってお化けの岩に腰をおろしてみるかな」

ミーガンは両手をぎゅっと握り合わせて、「ああ、おねがいですから、およしになって！」

「どうしてさ！　僕なんかに何が起ったって、何でもないじゃないの？」

ミーガンは答えなかった。アシャーストはちょっとふくれた表情を浮べて言い添えた。

「そうだ、ちょっとすると、お化けを見られないかも知れないんだ。もうすぐ帰らなきゃならないだろうからね」

「もうすぐですって？」

「君の叔母《おば》さんは僕がここにいるのいやなんだろう」

「まあ、そんなことありませんわ！　いつも夏になると、お部屋をお貸しするのよ」

アシャーストは、ミーガンの顔をじっと見ながら、尋ねた。

「君、僕にいて欲しいの？」

「ええ」

「今晩は君のためにお祈りをすることにするよ！」

ミーガンは真赤になって、顔をしかめ、部屋から出て行ってしまった。アシャーストは、我が身を責めながら、坐りこんでいたが、そのうちに、お茶が出すぎてしまった。まるで、ほたるぶくろの茂みをどた靴で踏みつけたような気持だった。

どうして、あんな馬鹿げたことを言ってしまったのだろう？　このおれも、ロバート・ガートンのように、この乙女を理解できない、都会ずれした愚かな大学生にすぎないだろうか？

4

アシャーストは、次の週、足の回復を確かめるために、すぐ近くの村を歩き廻《まわ》ってすごした。

今年の春は、アシャーストには、一つの啓示だった。彼は、陶酔したような気持で、紺碧《こんぺき》の空を背景に、日ざしを受けて、小枝をひろげた、季節おくれの、ぶなの木の薄桃色の蕾《つぼみ》を、強い光を浴びて、黄褐色を呈している数本のスコットランド樅《もみ》の幹や大枝を、更に、荒野には、さび色がかった黒い下枝の上に茂っている、新緑を揺れ動かして、風が吹きすぎる時、生き生きとした表情を呈する、風に曲った落葉松《からまつ》を、じっと眺めるのだった。

或は、土手に寝ころんで、野生のすみれの叢《くさむら》を見つめたり、枯れ果てたわらびの茂みの中で、きいちごの桃色にすき透った蕾を指先でさわってみたりしたのだった。一方、かっこうが呼び、きつつきが楽しそうに語り、高い高い空から、ひばりがビーズのようにとぎれとぎれに歌を歌っていた。

確かに、今まで彼が知っている春とは違っていた。というのは、春がアシャーストの外にあるのではなく、自らの裡《うち》にあったからだった。

日中、アシャーストは家族の人たちに、ほとんど顔を合わせることはなかった。ミーガンが食事をもって来てくれる時も、長く話もしていられない程、いつも彼女は家のことや庭にたわむれる子供たちの世話で忙しそうだった。

だが、夕方になると、アシャーストは、台所の窓辺に腰かけて、煙草をふかしたり、片足をひきずるジム爺《じい》やか、ナラコーム夫人と喋《しゃべ》ったりした。

一方、ミーガンは、縫物をしたり、夕飯のあと片附《かたづけ》であちこち動き廻っていた。時折、ミーガンの瞳《ひとみ》――あの露のようにさわやかな灰色の瞳――が、不思議に心地よい、名残惜しそうな、やさしい表情を浮べて、自分の上にじっとそそがれているのに気がついて、アシャーストは、猫が咽喉《のど》をごろごろ鳴らしていい気持になっているように、何とも言えないような気持になるのだった。

一週間たった日曜日の夕方だった。アシャーストが、果樹園に寝ころんで、つぐみの声を聞きながら、恋の歌をつくっていると、門がぎーっと閉まる音が聞え、木の間を縫ってミーガンがかけて来、赤い頬をした、のっそりしたジョーが大急ぎで追いかけて来るのが見えた。

二十ヤードばかり離れたところで、ミーガンは追いつかれ、二人は、草むらに人がいるのに気がつかず、向き合って立った——若者はつめ寄り、少女は相手から身を避けようとしていた。

アシャーストは少女の怒って、取り乱した顔を見た。そして、若者の顔も——この赫《あか》ら顔の田舎者にこんな取り乱した顔つきができようと、誰が考えたであろうか！

この光景に心を痛めつけられて、アシャーストはとび起きた。

二人は彼を見た。ミーガンは、両手をおろして、木の幹の蔭《かげ》に隠れた。若者は、かっとなって、ぶつぶつ言いながら、土手の方へかけて行き、はい登ると、見えなくなってしまった。

アシャーストは、ゆっくりミーガンの方へ歩いて行った。彼女は、唇を嚙《か》みしめて、じっとして立っていた——美しい黒い髪の毛が顔にほつれかかり、眼を下に伏せている姿は、実にかれんだった。

「ごめんね」とアシャーストは言った。

ミーガンは、大きく見開いた眼を上眼使いにしてアシャーストを見た。すぐ、息を呑《の》んで、ふり向いて去ろうとした。アシャーストは後を追った。

「ミーガン！」

だが、ミーガンは歩きつづけた。アシャーストは、ミーガンの腕をつかまえて、やさしく自分の方へふり向かせた。

「立ち止って、僕に話してごらんよ」

「なぜ、ごめんなさいなんておっしゃるの？　私にそんなことおっしゃるもんじゃありませんわ」

「それじゃ、ジョーに言わなくちゃ」

「どうしてジョーは私を追いかけるんでしょう？」

「きっと、君が好きなんだよ」

ミーガンは足を踏みならした。

アシャーストは、ちょっと笑い声を立てた。「あいつの頭を僕になぐって欲しいの？」

ミーガンは、急にかっとなって叫んだ。

「あなたは私を笑っていらっしゃる――私たちを笑っていらっしゃるんだわ！」

アシャーストはミーガンの両手をつかまえたが、彼女は後ずさりして、とうとう、情熱に燃える小さな顔も、ほつれた黒い髪の毛も、うす紅に咲き匂うリンゴの花の房の間に引っかかってしまった。

アシャーストは、つかまえた彼女の手の片方を持ち上げて唇をおしあてた。彼はいかにも自分が節度を心得、あの田舎者のジョーにまさっているような気がした――ただその小さな荒れた手に口づけしただけなのに！

ミーガンは急に後ずさりをやめた。身を震わしながら、自分の方に寄りそって来るように思えた。甘い温かさがアシャーストの全身を襲った。この素朴で、美しい、かれんな、ほっそりした乙女が、さては、自分の口づけに喜びふるえているのか！　すると、突然の衝動にかられ、彼は、両腕で彼女を抱きよせて、その額にキスした。

その時、彼はぎょっとした――彼女は真青になって、眼を閉じ、長い黒い睫《まつげ》毛が青い頰にうなだれ、両手も両脇にぐったりと垂れていたのだ。彼女の胸がふれるや、彼の全身はぞっと震えた。「ミーガン！」と、彼はため息をつくように言って、彼女を離した。

音一つない静けさの中に、つぐみが一羽、けたたましく鳴いた。すると、ミーガンは、アシャーストの手をとり、それを自分の頰に、胸に、唇におしあてて、熱烈にキスすると、リンゴの木の苔《こけ》むした幹の間に逃げ去って、姿が見えなくなってしまった。

アシャーストは、地面すれすれに生えている曲りくねった老木に腰をおろし、鼓動する胸をおさえ、途方に暮れて、ミーガンの髪を美しく飾っていた花をぼんやりと見つめていた――うす紅の蕾の中に、ただ一つ星のように真白いリンゴの花が咲き匂っていた。

一体、自分は何をしたのだろう？　どうして、自分は、こんなに急に、美しさの——同情の——或は、ただ、春のとりこになってしまったのだろう！　とはいえ、やはり、アシャーストは、非常に幸福に感じるのだった。身を震わし、何か漠然とした不安を抱きながらも、幸福と勝利の喜びにひたるのだった。これは一体何の始まりだろうか？　蚊が刺した。飛び廻っている蚋《ぶよ》が口の中に入りそうになった。

彼をとりまくすべての春は、いっそう美しく、生き生きとしてくるように見えた。かっこうやつぐみの歌声、きつつきの囀《さえず》り、斜にさしている陽の光、ミーガンの髪を美しく飾っていたリンゴの花——！　アシャーストは老木の幹から立ち上って、この新しい感情にふさわしい空間を、広々とした大空を求めて、果樹園から出て行った。彼が荒野の方へ足を向けるや、生垣のとねりこの木から、かささぎが一羽、彼に先だって、さっと飛び立った。

男で——五歳以上の年になれば——誰が恋をしたことがないと言えるだろうか？　アシャーストは、ダンスのクラスで、自分の相手に恋したり、幼い頃の女家庭教師を慕ったり、休暇中の女学生を愛したりしたことがあった。いつも、多かれ少なかれ、何かしら、かすかに愛慕の気持を抱いていて、全く恋せずにいたことはおそらくなかったろう。

だが、今度は違っていた。それは、決して、かすかな愛慕ではなく、全く新しい感情であり、一人前の男になったという意識を抱かせ、この上ない喜びを与えるものだった。

このような一輪の野の花を指先にもって、それに口づけできるとは、そして、その花が唇にふれて喜び震えるのを感じられるとは、何という夢心地——何というきまり悪さ！　どうしたらいいのだろう——この次はどうして彼女に会うか？

最初の愛撫《あいぶ》は情熱のこもらぬ、同情的なものだったが、彼女が、自分の手に燃えるような接吻《せっぷん》をし、自分の手を胸にしかと抱き締めたことで、彼女が自分を愛しているということがわかった以上、この次はあんなわけにはいかない。

人々の中には、愛されると、粗野になってしまう者もあり、また、アシャーストのように、何か奇蹟《きせき》が起ったように感じて、それに動かされ、魅せられ、温められ、柔らげられ、ほとんど我を忘れてしまう者もある。

荒野の岩山の間で、アシャーストは、心の裡《うち》に満ち溢《あふ》れるこの新しい春の感情に酔いしれたいという熱烈な欲望と、漠然としてはいるが、非常に現実的な不安とに、悩まされた。ある瞬間には、あの可愛い、信じきった、露のようにさわやかな瞳をした乙女を、自分のものにしたという誇りで、全く我を忘れてしまった！　が、次の瞬間には、いかにもしかつめらしい顔をして考えるのだった。『そうだよ、君！　だが、君のやっていることに気をつけるんだ！　どんなことになるかわかってるだろう！』いつの間にか、夕闇がたれこめていた――彫ったように、アッシリヤ[一六]風に見える岩の塊りの上に、夕闇が迫っていた。そして、大自然は、「これこそ、汝《なんじ》の新しい世界だ！」と言うのだった。ちょうど、人が、夏の朝、四時起きして、戸外へ出て行くと、獣も、鳥も、木も、みな新しくつくられたもののように、眼に映るように。

　アシャーストは、何時間もそこにじっとしていたが、寒くなって来たので、石やヒースの根株を手さぐりにして道路まで下り、小道へ戻って、再び荒れ果てた牧場を通って、果樹園のところへ出た。そこで、彼はマッチをすって時計を見た。もう、かれこれ十二時だった！　この辺りは、今、六時間前の、暮れようとして暮れやらぬ夕焼の空を小鳥がねぐらに急ぐ頃とはまるで違って、暗闇に包まれ、静まりかえっていた！

　突然、彼は自分のこんな田園風景を肉眼で見た――ナラコーム夫人の蛇のようにまがった首、一目で何でも見抜いてしまう、すばやい黒い眼《まな》ざし、その鋭い顔のこわばるのが心に浮んだ。下品にあざ笑い、疑い深そうにするあのジプシーのようないとこたち、のっそりとして、かんかんに怒っているジョー、が眼に映るのだった。

ただ、眼に苦労のあとを浮べた、片足をひきずっているジム爺《じい》やだけが我慢できるように思われた。それに、村の居酒屋！　散歩に行き違う井戸端会議の好きなおかみさん連。それから――自分の友達――十日前の朝、発《た》って行ったロバート・ガートンのうす笑い、ひどく皮肉そうな、生意気な笑いだったっけ！　忌々しい！　一瞬の間、彼は、いやでも応でも、自分の属しているこの俗悪な、皮肉な世界を文字通り憎んだ。

アシャーストが寄りかかっていた門が灰色がかってきて、何かかすかな光がさっと眼の前を通り過ぎて、青味がかった闇の中へひろがって行った。月だった！　後ろの土手越しにやっと見えた。赤い、ほとんどまん円い――妙な月！

アシャーストは、向きを変えて、夜気と牛の糞《ふん》と若葉の香りの漂う小道を上って行った。わらを敷いた中庭には、牛の黒い影が見えた。その影は、沢山の弓張月がさかさまに落ちて来たような、鎌の形をした彼等の角で乱されていた。

彼は、農園の門の錠をそっとはずした。家の中は真暗だった。足音をしのばせて、玄関まで行き、一本の水松《いちい》の木の蔭《かげ》に隠れて、ミーガンの窓を見上げた。窓は開いていた。もうミーガンは眠っているのだろうか？　それとも、もしや心を取り乱して――自分がいないのを気にかけて寝ずにいるのではなかろうか？

アシャーストがそこに立って、じっと見上げていると、ふくろうが一羽、ほーほーと鳴いた。と、その声は闇の中にひろがって行くように思われた。果樹園の下を流れる小川の永久につきないせせらぎの音以外は、他のあらゆるものが、静まりかえっていた。昼はかっこう、今はふくろうが——胸のうちをかき乱すこの歓《よろこ》びを、何と不可思議に歌っていることか！

ふと、外を眺めているミーガンの姿が窓辺に見えた。アシャーストは水松《いちい》の蔭から少し体を動かして、「ミーガン！」とささやいた。彼女はすっと奥へ引っ込んだが、また現われて、下の方へぐっと身をのり出した。

アシャーストは草むらの上をそーっとしのび足で近づいて行って、例の緑に塗った椅子に脛《すね》をぶっつけ、その音にはっと固唾《かたず》を呑《の》んだ。ぼーっと青白くかすんで見える彼女の、下へ伸ばした腕も顔もじっと動かなかった。彼は椅子を動かして、そっとその上にのり、腕を伸ばして、やっと届いたのだった。ミーガンは手に正面玄関入口の大きな鍵《かぎ》をもっていた。アシャーストは冷ややかな鍵をもった、情熱溢れる手を、しっかりと握ったのだった。

やっと、ミーガンの顔や、唇の間に光る歯や、乱れ果てた髪の毛が見えた。彼女はまだ着物をきたままだった——可哀そうに、きっと彼を待って起きていたのだ！

「可愛いミーガン！」彼女の熱い、荒れた指がアシャーストの指にからみつき、彼女の顔には不思議な、うっとりとした表情が浮んだ。たとえ片手でも、ミーガンの顔に届きさえしたら！　ふくろうがほーほーと鳴き、はまなすの香りがアシャーストの鼻に漂って来た。

その時、農園の犬が一匹、吠《ほ》え立てた。握りしめていた手をゆるめて、ミーガンは後ずさりした。

「おやすみ、ミーガン！」

「おやすみなさいませ！」彼女は行ってしまったのだ！　アシャーストは、ため息をついて、地面に下り立ち、椅子に腰かけて、靴をぬいだ。そっと入って、寝る以外に、しようがなかった。

それでも、アシャーストは、ミーガンのうっとりとした、半ば微笑《えみ》を浮べた顔や、あの冷ややかな鍵を自分の手におしつけた彼女の情熱溢れる指を握りしめたことを思い浮べながら、長いこと、じっと身動き一つせずに、夜露に足がひえびえするのも忘れて、坐《すわ》っていた。

5

アシャーストは、前の晩に何も食べなかったのに、食べすぎたような感じで目を覚ました。そして、昨日のロマンスが、いかにも遠い、夢のように思われるのだった！だが、すばらしい朝だった。

春は、とうとう、たけなわになった——男の子たちがそう呼んでいる「きんぽうげ」は、さながら一夜のうちに野を我がものにしたかのように咲き誇っていた。窓からは、リンゴの花がばら色と白のまばらの掛蒲団《かけぶとん》のように果樹園をおおっているのが見えた。彼はミーガンに会うのがまるでこわいかのように、下へ降りて行った。

それなのに、ミーガンでなく、ナラコーム夫人が朝食をもって来てくれた時、アシャーストは憤慨し、失望したのだった。この女のすばやい眼と蛇のような首には、今朝は、今まで見なかったような敏捷《びんしょう》さがあるように思われた。一体、ナラコーム夫人は気づいただろうか？

「じゃあ、アシャーストさんは、昨夜《ゆうべ》は、お月さんと一緒に散歩というとこですね！どこで夕食召しあがったんですか？」

アシャーストは頭を振った。

「お夕食は取っといたんですがね、いろんなことお考えなすって、きっと、お夕食のことなんか忘れていなさったんでしょう？」

R音の強くひびく西部地方特有の訛《なまり》に、ウェールズ地方の歯切れのいい語調を幾分まだとどめている例の声で、ナラコーム夫人は、自分をからかっているのだろうか？もしもナラコーム夫人が知っていたら！　その時、彼はこう思ったのだった。『いけない、いけない。さっさと引き揚げよう。こんな迷惑な立場に立つのは真っ平だ』だが、朝食がすむと、ミーガンに会いたくなり、その気持は刻々とつのって来た。それと共に、何もかも台なしにしてしまうようなことを、何かミーガンに言われたのではないかという心配も強くなった。ミーガンがまだ姿を現わさず、ちらりとさえその姿を見せないのが不安だった！

そして、あの恋の歌、昨日の午後、リンゴの木の下では、それを作ることがあんなに重大に思われ、夢中だったのに、もう、それが実にくだらなく思われて、アシャーストはそれをひき裂いてまるめ、パイプに火をつけることよりにした。

ミーガンがこの手をとってキスするまでは、自分は恋を知らなかったのだ！　それが今は――すべてを知ったのだ。だが、恋を歌に書くことは、実につまらなく思われた！

アシャーストが本をとりに寝室にあがるや、胸がはげしく鼓動し始めた。ミーガンがそこでベッドをととのえていたのだった。アシャーストは戸口に立ってじっと見ていた。と、急に彼は、ミーガンが身をかがめて、昨夜彼の頭をのせてできた枕のくぼみにキスするのを見て、歓びで胸が一杯になった。

この身も心も捧《ささ》げた可愛い行為を見たことを、どうして彼女に知らされようか？といって、このまま、そっと立ち去るのが聞えでもしたら、なお悪いだろう。ミーガンは枕をもち上げ、アシャーストの頰のあとをこわしてしまうのが、さも惜しそうに、抱きかかえていたが、枕を下におとすと、振りむいた。

「ミーガン！」

ミーガンは両手を頰にあてたが、彼女の瞳《ひとみ》は、アシャーストをまっすぐにのぞき見るようだった。アシャーストは、露のように輝く、ミーガンの瞳に宿る深さや、清らかさや、心を動かすような誠実さを、こんなによくわかったことは、今までになかった。アシャーストは、どもりながら、言った。

「昨夜は僕のために起きていてくれてありがとう」

ミーガンは、それでも、何も言わなかった。アシャーストは、どもりながら、言いつづけた。

「荒野《ムア》をあちこちぶらついていたんだ。とてもいい晩だったよ。僕《ぼ》―僕、今、本をとりに上って来たところなんだ」

その時、アシャーストは、さっきミーガンが枕にキスするのを見た時のことを思い出して、急に胸が重苦しくなり、彼女に歩み寄って行った。ミーガンの眼にキスをしたまま、アシャーストは不思議な興奮にかられて考えるのだった。『とうとう、やった！　昨日は――ともかく――何もかも突然だった。だが、今こそ、やったのだ！』

ミーガンは、額をアシャーストの唇につけたままにしていたが、その唇は下の方へずれ動いて、ついに、彼女の唇に触れたのだった。本当の恋人同士のこの最初のキス――不思議な、すばらしい、まだ、ほとんど無邪気なキス――二人のうち、いずれの胸がもっともかき乱されたのだろうか？

「今晩、みんな寝ちゃったら、あの大きなリンゴの木のところへいらっしゃい。ミーガン――約束してくれるね！」

「お約束しますわ」とミーガンはささやきかえした。

すると、アシャーストは、ミーガンの真青な顔に驚き、何もかもこわくなって、彼女を手離して再び下へ降りて行った。そうだ！　今こそ、やったのだ！　ミーガンの愛を受け、自分の愛も打ちあけたのだ！

アシャーストは、いつものように本をもたずに、例の緑色に塗った椅子のところへ出て行って、腰をおろし、してしまったことを、誇らしく思ったり、悔んだりしながら、ぼんやりと前の方を見つめていた。

その間にも、アシャーストの周囲では、野良仕事が進められていた。変な、ぼんやりした気持で、どのくらいの間坐っていたのか自分にもわからなかったが、ふと、ジョーが自分のすぐ右後ろに立っているのに気がついた。ジョーは、明らかに、はげしい野良仕事を終えて帰って来たらしく、足を踏みかえながら、はあはあ息を切らして立っていた。彼の顔は夕日のように赤く、青シャツの袖《そで》をまくりあげた下に出ている腕は、熟した桃のように真赤で、むく毛が生えて、光沢《つや》があった。赤い唇を開けたまま、亜麻色の睫毛《まつげ》をした青い眼を、アシャーストの方にじっとむけていた。アシャーストは皮肉に言った。

「やあ、ジョー。何か御用かね？」

「そうだ」

「じゃ、どういうことだい？」

「おめえ、こっから帰ってもれてえだ。おらたち、おめえには、用ねえだよ」

いつもつつましすぎる方ではなかったが、アシャーストは、顔に今までにはない尊大な表情をあらわしたのだった。

「そりゃ、御親切に。だがね、僕は他人にとやかく言ってもらいたくないんだ」

ジョーが一、二歩あゆみ寄るや、せっせと働いた汗の臭いがアシャーストの鼻をついた。

「何だって、おめえ、ここにいるだ？」

「気持がいいからさ」

「おらがおめえの頭を、こっぴどくひっぱたけや、気持がいいとはいくめえ！」

「なる程ね！　いつやるんだい？」

ジョーはそれを聞いてただはげしい息づかいになっただけだった。だが、その眼つきたるや、怒り立った若い牡牛《おうし》のようだった。と、彼の顔に、一種の痙攣《けいれん》がおこったように見えた。

「ミーガンはおめえに用はねえだ」

アシャーストは、この馬鹿な、息づかいの荒い田舎者に対する嫉妬《しっと》と軽蔑《けいべつ》と怒りが、どっとこみあげてきて、冷静さを失い、とび上って、さっと椅子をおし戻した。

「くたばってしまえ！」と、このあけすけな言葉を吐いた途端、アシャーストは、ミーガンが茶色のスパニエル種の小犬を抱いて戸口のところにいるのを見た。ミーガンは急ぎ足で、アシャーストのところへ歩み寄って来た。

「この眼、青いでしょう！」と彼女は言った。

ジョーは向うをむいて行ってしまった。彼の首の後ろは、文字通り真赤だった。アシャーストは、ミーガンの抱いた食用蛙そっくりの茶色の小犬の口に指をあてた。ミーガンに抱かれて、いかにも気持よさそうな顔！

「もう、君になついているんだね。ああ！　ミーガン、君っていうのは、何にだって好かれるんだな」

「ジョーはあなたに何って言ってたんですの？」

「僕がここにいるのを君がいやがっているから、行ってしまえと言ってたのさ」

ミーガンは、じだんだを踏んだ。それから、アシャーストを見上げた。そのほれぼれとした眼《まな》ざしに、アシャーストは、まるで蛾がその羽をこがしているのを見るような思いで、神経がぴくぴくいうのを感じた。

「今晩ね！　忘れるんじゃないよ」とアシャーストは言った。

「ええ」そして、小犬の丸々した、茶色の体に顔をすりつけながら、ミーガンは、そっと家の中へ入って行った。

アシャーストは、小道をぶらぶら歩いて行って、荒れ果てた牧場の門のところへ来ると、牝牛《めうし》を連れた例の片足をひきずった男に、ぱったり会った。

「いい天気だね、ジム！」

「ああ！　草には申し分ねえ天気でがすな。今年ぁ、とねりこが、槲《かし》よりおくれてるだ。『槲がとねりこより前に葉を出しゃ……[一七]』ってことがあるだよ」

アシャーストは、つじつまの合わぬことを言ってしまった。「ジム、あんたがジプシーのお化けを見た時、どこに立っていたんだい」

「なんだな、あの、でっけえリンゴの木の下だったかしんねえ」

「それじゃ、お化けが本当にいたと思ってるんだね！」

ジムは、注意深く答えた。

「本当にいたと、はっきり言いたくねえだ。いた気がするだよ」

「それをどう思ってるんだい？」

ジムは声をひそめて言った。

「ずっと昔のナラコーム旦那《だんな》が、ジプシーの血をひいてるだってこったがね。だが、こいつぁ、内証《ないしょ》じゃよ。知ってなさるだろが、ジプシーは、義理立てする点にかけちゃあ、ええ奴等だでな。多分、旦那《だんな》が死にそうだってこと知ったもんで、その奴を道連れによこしたでねえだかな。おら、お化けのこたあ、そう考《かんげ》えてますだ」

「そいつぁ、どんなふうをしてたんだい？」

「顔中毛だらけで、ヴァイオリンをもってるみてえな恰好《かっこう》で、歩いていただ。お化けなんてもん、いるもんかって、みんな言うだがね、おら、自分にゃ、何んにも見えねえ、真暗《まっくれ》え晩でもさ、この犬の毛がおっ立つのを見ただ」

「月が出ていたのかい？」

「そうでしただ。もう満月に近かったでな、上ったばっかしで、あの木の後ろで、金みてえだっただ」

「で、幽霊が出ると、わるいことがあると思うんだね？」

ジムは、帽子を押し上げ、熱心な眼つきで、今までよりも真剣にアシャーストを見た。

「そうとは、おらには言えねえだ――が、お化けってえ、とってもそわそわと落着きのねえもんでなあ。おらたちにゃ、わかんねえことありますだ。ほんとに、間違《まちげ》えねえだよ。それに、物の見《め》える人も、てんで見えねえ人もあるだ。そら、あのジョーだ――鼻っ先さ何おいても、ちっとも見えねえだ。それに、他の子たちも、ぺちゃくちゃ喋《しゃべ》る奴だでな。だがな、あのミーガンを何んかあるとこさ連れてって見なせ、おら、太鼓判を押すが、あの娘《こ》はものがよくわかるだ。わかりすぎるくれえだよ」

「それはね、ミーガンは敏感だからなんだよ」

「それ、なんてえことでがす？」

「それはね、ミーガンが何にでも感じやすいということさ」

「ああ！　ミーガンはとっても気立てのいい娘だでな」

アシャーストは、頬がぼうっとあつくなって来るのを感じて、煙草入れを差し出した。

「ジム爺《じい》さん、一服やらないかね？」

「こりゃ、どうも。おら、あの娘は百人に一人もえねえと思いますだ」

「そうだろうね」と、ぶっきら棒に言って、アシャーストは煙草入れをしまいながら、どんどん歩いて行った。

『気立てのいい！』本当にそうなんだ！　とすると、自分は一体何をしようとしているのだ？　この気立てのいい娘に――よく世間で言うように――何をしようというつもりなんだ？　赤い仔牛《こうし》が草を食《は》み、燕《つばめ》が空高く飛び交い、きんぽうげが一面に咲き乱れた野原をさまよう間中、この考えが彼につきまとった。

なるほど、槲《かし》がとねりこよりも早く葉を出して、もう金茶色になっていた。木という木はそれぞれ、成長の程度や色合を異にしていた。かっこうや数知れぬ小鳥が歌い、小川はきらきら輝いていた。古代の人たちは、黄金時代とヘスペリデスの花園を信じていたのだ！

……女王蜂が一匹、アシャーストの袖《そで》の上にとまった。女王蜂を一匹殺す毎に、果樹園のリンゴの花から実るリンゴを蝕《むしば》む蜂を二千匹も減らすことになるのだ。だが、恋に胸を躍らせている時、たとえ何にせよ、誰がこんな日に殺せようか？

彼は、赤い牡牛の子が一頭、草を食《は》んでいる野原へ踏み入った。その牡牛の子がジョーそっくりの顔をしているようにアシャーストには思われた。ところが、その牡牛の子は、その短かい足の下にひろがっている金色に輝く牧場の歌声と魅惑にいささか酔っていたのだろうか、アシャーストには眼もくれようとしなかった。

彼は、そこを横切って、誰にも邪魔されることなく、小川の上の丘の斜面のところへ出た。ここから岩山になって、岩のごろごろしている頂上までつづいていた。このあたりは、一面にほたるぶくろが霞《かすみ》かと紛《まが》うばかりに咲き乱れ、二十本ばかりの山リンゴの花が今を盛りと咲き匂っていた。

彼は草の上にさっと身を横たえた。あの野原一面に咲き乱れた眩《まば》ゆいばかりのきんぽうげの美観と、金色に映える槲《かし》の魅惑から、灰色の岩山の下にひろがっている、この霊妙な美しさへの変化は、アシャーストに一種の驚異の念を起させた。さらさら流れる水の音と、かっこうの歌声のほかには、何《な》にもかも変っていた。

アシャーストは、日脚が移るのをじっと見つめながら、長いこと寝ころんでいたが、やがて山リンゴの木の影がほたるぶくろに落ち、彼のあたりには数匹の野蜂が飛んでいるだけだった。朝のキスを思い浮べ、今宵《こよい》のリンゴの木の下のことを考えて、気も狂わんばかりだった。

こんな場所には、きっと、牧羊神《フォーン》や森の精《ドライアッド》が住んでいるだろう。山リンゴの花のように白い山水の精《ニンフ》もあの木々の中に隠れているだろう。枯れわらびのように茶色で、耳のとがった牧羊神が山水の精を待伏せしているだろう。彼が気づいた時、かっこうの歌声はまだ止まず、流れる水音も聞えていた。だが、陽はもう岩山の蔭《かげ》に沈み、丘の斜面は冷えびえとなり、野兎が数匹出てきてたわむれていた。

『今晩だ！』と彼は思った。あたかも、すべてのものが大地から芽生えてきて、眼に見えぬ造物主の御手のやわらかな、ねばり強い指の下に開いて行くように、彼の心も感覚も押し出され、開かれつつあるのだった。

アシャーストは起き上って、山リンゴの木の小枝を折りとった。貝がらそっくりの蕾《つぼみ》は、まるでミーガンのように――うすばら色で、自然のままで、新鮮であり、咲きかけていた花も、純白で、自然のままで、しおらしかった。アシャーストが小枝を上衣に入れるや、胸の裡《うち》にあった青春の情熱が、誇らしげなため息となって、どっとほとばしり出た。けれども、野兎たちは、あわてふためいて逃げ去った。

6

その夜、アシャーストが、読まずに半時間も手にしていたポケット版の「オディセイ」[一九]をおき、中庭を通り抜けて、そっと果樹園の方へ下りて行った時、もう十一時近くなっていた。丘の向うにちょうど出たばかりの月が、金色に輝き、きらきら光る、力強い、見張り番の精のように、半ば葉の落ちかけた、とねりこの大枝の間からのぞいていた。

リンゴの木立の間はまだ暗く、アシャーストが足で粗い草をさぐって、方角を確かめながら、立っていた。彼のすぐ後ろで、黒い塊りがぶうぶういう音を立てて動いたかと思うと、大きな豚が三匹、寄りそって、塀の下にまたもや、うずくまってしまった。

彼は耳をすましてきいた。そよとの風さえなかったが、忍び声でくすくす笑うような小川のせせらぎの音が、真昼の倍も大きく聞えた。名も知らぬ小鳥が一羽、「ピップ――ピップ」「ピップ――ピップ」と全くの一本調子で鳴き、遥《はる》か彼方《かなた》によたかの鳴くのが聞えた。

また、ふくろうがほーほー鳴いていた。アシャーストは一、二歩あるいて、また立ち止ると、頭のまわり一面にかすんだほの白い生き生きしたものに気づいた。闇に包まれた、そよとも動かぬ木々の上には、数知れぬ花や蕾が、悉《ことごと》くほのかにかすんで、忍び寄る月光の魔術にかかって、生命を与えられていた。

アシャーストは、まのあたりに仲間がいるような、何とも言えぬ奇妙な気持になった。それは、まるで、数知れぬ白蛾か妖精《ようせい》がふわりふわりやって来て、暗い夜空と、更に暗い地上の間に群がり、彼の眼と同じ高さのところで、羽をひろげたり、とじたりしているように思われたのだった。

この一瞬の、心を惑わすような、静まりかえった、香りのない美しさに見とれて、彼はなぜこの果樹園にやって来たのかということも、忘れてしまいそうだった。一日中、大地を蔽《おお》っていた、空中に漂う魅力は、夜の帳《とばり》がおりた今もなお去りやらずに、ただ、この新しい姿に変ったのだった。

アシャーストは、この生き生きとした、白粉《おしろい》をつけたように白い花で蔽われた幹や大枝の茂みをかきわけて進み、やがて例の大きなリンゴの木のところまでやって来た。それは、ほかの木に比べて、高さも太さも倍近くあって、広々とした牧場と小川の方に枝がさし出ていて、この暗がりでも、見まちがうことはなかった。

茂った枝の下に、アシャーストは、またもや、立ち止って、耳をすました。全く同じ音、それに、ねむたげな豚のかすかな鼻息。彼は、乾いた、温かそうな感じのする木の幹に手をかけた。そのざらざらした、苔《こけ》の生えた表面は、さわると、泥炭のような匂いがした。

ミーガンは来るだろうか——本当に来るだろうか？　揺れ動き、何か出てきそうな、月光に魅せられたこの木々の間で、彼は何もかも疑い始めた！

ここでは、すべてのものがこの世のものとは思われず、この世の恋人たちにはおよそふさわしくなかった。ただ、神と女神、牧羊神《フォーン》と森の精《ドライアッド》にだけふさわしかった——アシャーストとあの可憐《かれん》な田舎娘には似つかわしくなかった。もしもミーガンが来なかったなら、かえって、ほっと救われた感じがするのではなかろうか？

しかし、その間もずっと、アシャーストは耳をすましていた。まだ、あの名も知らぬ小鳥が「ピップ——ピップ」「ピップ——ピップ」と鳴きつづけ、あの小さな鱒《ます》のいる、小川のせわしそうなせせらぎの音が聞え、その上に月の光が、牢獄《ろうごく》の格子のように茂った木立の枝の間から、ちらちらと洩《も》れていた。眼の高さに咲き匂う花は、刻々と、より生き生きとして来るように思われ、その神秘的な純白の美しさを増すにつれて、ますます、彼は不安な気持になるのだった。

彼は小枝を折って、眼に近づけた――花が三つ咲いていた。果樹の花――柔らかく、純白な、若々しい花――それを折って、投げすててしまうとは、何という冒瀆《ぼうとく》だ！　すると、突然、彼は門がしまり、豚がまたもや動いて、ぶうぶういうのが聞えた。幹によりかかり、後ろの苔の生えたところに両手を押しつけて、息を殺した。

彼女は、音こそ立てていたが、木々の間を縫って来る妖精といってもよかったろう！　と、その時、彼女の姿がすぐ身近に見えた――その黒い姿は小さな木の一部のように、白い顔は花の一部のように、じっととまって、アシャーストの方をすかして見ていた。「ミーガン！」とささやいて、アシャーストは両手をさしのべた。

ミーガンはかけ寄って、まっすぐ彼の胸にとびこんで来た。彼女の胸が自分の胸にふれて鼓動しているのを感じた時、アシャーストは彼女を守ろうという気持と、彼女への情熱とを心ゆくばかり味わった。どうして、この暗がりの中で、ミーガンを守る以外に、何ができよう！　なぜなら、ミーガンはアシャーストの世界の住人ではなく、彼女は実にあどけなく、若々しく、ひたむきに、愛し慕って来る、か弱い娘《こ》であるからだ。

しかし、また、彼女はただひたすらに純真で、愛情深い性質で、美しく、まるで生き生きした花のように、この春の夜の一部になっているのだから、どうして、彼女が捧《ささ》げようとするすべてを受け入れないでいられようか——どうして、二人の胸の裡《うち》の青春の情熱を満たさないでいられようか！　この二つの感情に胸も張りさけんばかりに、アシャーストは、ミーガンをしっかり抱き締めて、その髪にキスした。

言葉も交わさずに、どのくらいそこに立っていたのか、彼にはわからなかった。小川はせせらぎの音をたてつづけ、ふくろうはほーほーと鳴き、月は音もなく上って、白々と冴《さ》え渡って行った。二人のまわりや頭上一面の花は、生き生きとした美しさを、しばしとどめ、ひときわ白く輝いていた。

二人は互いに唇を求め合い、言葉をとり交わすこともなかった。言葉をとり交わしたら最後、すべては、はかない夢となってしまうだろう！　春は何も語らなかった。ただ、葉ずれの音と小川のささやきが聞えるだけだった。

咲く花、開く葉、流れ行く小川、そして、甘い、絶えざる探求、それらの中に春は言葉の遥かに及ばぬものをもっているのだ！　時折、春は生きた形で現われ、まるで何か神秘的な存在のように立って、恋人たちをその腕に抱きかかえ、魔法の指先を恋人たちにつけることがある。すると、唇をふれ合ってたたずんだまま、恋人たちはキス以外のすべてを忘れてしまうのだ。

寄りそっているミーガンの胸が鼓動し、その唇が彼の唇の上にふるえている時、アシャーストは、ただもう、うっとりとして何も感じなかった——運命が腕に彼女を授けたのだ。愛を軽んじてはいけないのだ！

だが、息をつこうと、二人の唇が離れるや、またもや、彼女を守ろうという気持と、彼女への情熱とに分れ始めるのだった。ただ、今は、情熱だけが遥かに強く燃え、ため息をつきながら言った。

「ああ！　ミーガン！　なぜここへ来たの？」

彼女は、心を傷つけられ、びっくりして、見上げた。

「あなたさまがそうおっしゃいましたからですわ」

「僕を『さま』だなんて言うんじゃないよ、ミーガン」

「それなら、どうお呼びしたらいいんでしょう？」

「フランクってさ」

「まあ、そんなことできませんわ。とても私には！」

「でも、君は僕を愛してくれるんだろう——ね？」

「私お慕いしないではいられなかったんですの。おそばにいたくって——それだけですわ」

「それだけ！」

ほとんど聞きとれぬくらい、低い声で言った。

「おそばにいられなければ、私、死んでしまいますわ」

アシャーストは深く息をついた。

「じゃ、僕と一緒にいるようになさい！」

「まあ！」

その『まあ』に含まれた畏《おそ》れと歓《よろこ》びに酔いしれて、アシャーストは、ささやきながら、言葉をつづけた。

「一緒にロンドンへ行って、君に世間を見せてあげよう。僕はきっと君を大事にするよ。ミーガン、決して、君にひどいことなんかしないから！」

「おそばにいられたら、それでいいんですの」

アシャーストは、ミーガンの髪をなでながら、ささやきつづけた。

「明日、僕、トーキィに行って、お金を少し手に入れて、人目をひかないような服を買ってあげる。それから、二人でそっと抜け出そう。ロンドンに行ってから、僕を本当に愛してくれてるんだったら、すぐ結婚しようよ」

アシャーストは、ミーガンが頭をふると、髪がふるえるのを感じた。

「まあ、いいえ！　結婚なんてできませんわ。私、ただ、おそばにいたいだけなんですの!」

ただ、ひたすらにミーガンに情熱を傾けて、アシャーストは、なおもささやきつづけた。

「僕の方が君にふさわしくないんだよ。ああ! ミーガン、いつから僕が好きになったんだい?」

「道でお会いして、私をごらんになった時からなんですの。あの最初の晩、あなたが好きになりましたわ。でも、私を愛して下さるなんて思いませんでした」

ミーガンは、急に跪《ひざまず》いて、アシャーストの足にキスしようとした。

アシャーストは、恐れおののいて、全身にぞっと身震いを感じた。彼はミーガンの体をもち上げて、しっかりと抱き締めた——当惑のあまり口もきけなかった。

彼女はささやいた。「どうして、そうさせて下さらないの?」

「いや、僕の方が君の足にキスしたいんだ!」

ミーガンの微笑《ほほえみ》を見て、彼は眼に涙を浮べた。彼の顔に近く寄りそったミーガンの頬は、月光を浴びて白く映え、開いた唇はうす紅に見えて、さながら、リンゴの花の、この世のものとは思えぬ、生き生きとした美しさだった。

その時、ぱっと、ミーガンの瞳《ひとみ》が大きく見開き、せつなそうな表情を浮べて、アシャーストの後ろの方をじっと見たのだった。ミーガンは、体をねじまげて、アシャーストの腕から離れ、ささやいた。「ごらんなさい！」

月に照らされた流れ、ぼーっと金色に輝くはりえにしだ、きらきら光るぶなの木立、その後ろ一面には、月光を受けてほのかにかすむ広い丘、そのほかには、何もアシャーストには見えなかった。後ろで、彼女のこごえ、しびれるようなささやきがした。

「ジプシーのお化けよ！」

「どこに！」

「あすこに――石のそばに――あの木の下に！」

たまりかねて、小川をとび越え、ぶなの木立の方へ、大股《おおまた》で歩いて行った。月のいたずらだ！　何もありゃしない！　ぶつぶつ言ったり、呪いの言葉を吐いたりしながら、しかも、こわごわと丸石やさんざしの茂みの間をかけたり、つまずいたりした。馬鹿げたことだ！　くだらない！　やがて、彼はリンゴの木のところへ引き返えした。ところが、ミーガンの姿は見えなかった。ただ、木の葉のかさかさという音、豚のぶうぶういう鼻息、門のぎーっとしまる音が聞えるだけだった。ミーガンの代りに、このリンゴの老木だけか！

アシャーストは、いきなり両腕を幹のまわりにかけた。彼女の柔らかな肉体《からだ》と何という違いなんだ！　顔にあたるざらざらした苔《こけ》——これは彼女の柔らかな頬とは何という違いだ！　ただ、森の匂いのような匂いだけが、いささか似ているくらいだ！

アシャーストの頭上やまわりで、リンゴの花が、一段と生き生きし、月光を浴びて冴え渡り、輝き、息づくように思われた。

7

トーキィ駅で汽車から降りて、アシャーストは、あてもなく、海岸通りをぶらついた。というのは、彼は、イギリスの海水浴場の中でも、特に有名なこの土地を、よく知らなかったからだ。

身なりのことなど、ほとんど気にかけない彼は、ここに住んでいる人たちの間で、自分が目立っていることも露知らず、お粗末なノーフォーク型のジャケットに、よごれた靴、それに、つぶれた帽子という恰好《かっこう》で、人々がいささかあっけにとられた顔つきで、自分をじろじろ見ていることも気づかずに、大股に歩いていた。

彼はロンドンの取引銀行の支店をさがしていたのだった。それを見つけはしたものの、最初に嫌な障害につき当ってしまった。トーキィにどなたかお知り合いの方がいらっしゃいますか？　いいえ。それでは、ロンドンの銀行に電報をお打ち下されば、その返事を受け取り次第、お支払い致しましょう、という話だった。

現実の世界のこのように疑い深い息吹きに、彼の描いていた華やかな夢は、いささか薄らいでしまった。だが、彼は電報を打ったのだった。

郵便局のほぼ真向いに、婦人服をたくさん取り揃えた店があるのに気がつき、妙な気持を抱きながら、ショー・ウィンドーにじっと見入った。田舎の恋人の服を見立てねばならぬというのは、少なからず、わずらわしいことだった。

彼は店に入った。若い女が出て来た。青い眼をしていて、額にちょっと当惑の色を見せていた。アシャーストは、黙ったまま、じっとその女を見つめていた。

「何かお入用でございますか？」

「若い婦人のドレスが欲しいんですが」

若い女はにっこりと笑った。アシャーストは顔をしかめた——とっぴな注文をしたので、急にてれくさくなった。

若い女は急いでつけ加えた。

「どんなスタイルがおよろしいんでしょう——何か流行ものでも？」

「いいえ、地味なものなんです」

「そのお若いご婦人は、お身丈どの位ございましょうか？」

「知らないんです。君より二インチ位低いと思うんですが」

「ウェストの寸法ご存じでしょうかしら？」

ミーガンのウェストだって！

「ああ！　普通のでいいんです！」

「かしこまりました！」

若い女が奥に行っている間、アシャーストは、やるせない気持で、ショー・ウィンドーの見本を見ていると、急に、ミーガン――彼のミーガン――が、いつも見なれたスコッチ織りのスカートに、お粗末なブラウスを着、それに、大黒帽子《タモシャンター》をかぶるという以外の服装をするなんて、とても信じられぬように思われてくるのだった。

若い女は、ドレスを幾枚か両腕にかかえて、出て来た。アシャーストは、その女が、自分のあかぬけした体にドレスを当てて見せるのを眺めた。一枚、彼の気に入った鳩羽色《ダヴ・グレイ》のドレスがあったが、それを着たミーガンの姿を想像することは、彼の及びもつかないことだった。

若い女は、奥へ行って、また、べつなのを少しもって来た。だが、アシャーストは、もう気がぬけてしまっていた。どうして、選ぶか？　それに、ミーガンは、帽子も要《い》りゃ、靴も手袋もいるだろう。

しかし、何もかも取り揃えてやったところで、ミーガンを平凡にしてしまうだけだろう。ちょうど、晴着を着ると、きまって田舎者が平凡になるように！　どうして、あのままで旅行してはいけないのか？　ああ！　だが、人目につい ちゃいけないんだ。

大事な駈落《かけおち》ちなんだから。

そして、若い女をじっと見つめながら、彼は考えた。『もしや、この女は、僕をごろつきと思ってやいないかしら？』

「すみませんけど、その灰色のをとっておいてくれませんか？」と、どうにもならなくなって、とうとう、彼は言った。「すぐ決めかねるので、午後また参ります」

若い女はため息をついた。

「ええ、ようございますとも！　これはとてもいいご趣味の衣裳《いしょう》でございます。このほかにお気に召すようなものはなさそうに存じますけど」

「そうでしょうね」とアシャーストはつぶやいて、店を出た。

疑い深い現実の世界から再びのがれ出ると、彼は深く息をついて、また幻の世界に帰った。幻想の中に、彼は、その生涯を自分の生涯にゆだねようとしている信頼にみちた、可憐《かれん》な乙女の姿を見た。

自分と彼女が、夜そっと抜け出して、腕に彼女を抱き、彼女の新しい衣裳をもって、月の冴《さ》え渡った荒野を越えて行く、やがて、夜が白む頃、どこか遠くの森で、彼女は古びた着物を脱いで、この新しい衣裳に着かえる、そして、どこか遠くの駅から、早朝の汽車に乗って、蜜月《みつげつ》の旅へ出かけ、とうとう、ロンドンの大都会に呑《の》まれて、愛の夢が実現する、というのも幻想の中に見たのだった。

「やあ、フランク・アシャースト！　ラグビー以来会わんなあ！」

アシャーストのしかめ面は、どこへやら消えてしまった。彼の顔に近づいた顔は、青い眼をして、日焼けしていた──内と外からの太陽が一緒になって、一種の光沢を放つといったような顔の一つだった。そして、アシャーストは答えた。

「おや、フィル・ハリディじゃないか！」

「ここに、何の用だい？」

「いや、べつに何も。ただ、見て歩いてるだけさ。それに、少し金が欲しいんでね。僕は荒野《ムア》にとまってるんだ」

「どこで昼飯を食べるんだい？　僕のところへ来て、一緒にしようよ。妹たちとここに来てるんだ。みんな、はしかをやっちゃってね」

その親友に腕をつかまえられて、アシャーストは、丘を上り、丘を下り、町からずっと離れたところを歩いていた。その間も、ハリディは、陽気な顔のように、如何《いか》にも楽天的な声で、「こんな古臭いところじゃ、泳いだり、ボートに乗ったりする位が関の山だよ」などと説明していたが、やがて、海からちょっと奥まった小高い丘に、半月状に家々が立ち並んだところへ出て、その真中の家──ホテル──の中に入って行った。

「僕の部屋に上っていって、手や顔を洗えよ。昼飯はじきに出来るから」

アシャーストは、鏡の中の顔をじっと見つめた。あの農家の寝室で、二週間もずっと、櫛《くし》と着替えのシャツ一枚の生活をした後では、着物やブラシの散らかっているこの部屋は、豪華な古代カプア[二]を髣髴《ほうふつ》させるようなものだった。そして、『妙だな――わからんもんだ――』と彼は考えたが、何だか自分にもさっぱりわからなかった。

昼食に、ハリディの後をついて居間に入って行った時、「こちら、フランク・アシャースト君――僕の妹たちだ」というハリディの言葉を聞いて、青い瞳《ひとみ》の、とても色白い三つの顔が、急にこちらを振り向いた。

二人は、まだ子供で、十と十一くらいだった。もう一人は、恐らく十七くらいで、この妹も背が高く、金髪で、うす桃色の頬は、かすかに日に焼け、眉毛《まゆげ》は、髪の毛よりも幾分濃く、心持ちつり上っていた。三人とも、声はハリディにそっくりで、甲高く、ほがらかだった。

みんな、すっと立ち上って、さっと握手し、じろじろとアシャーストを眺め、またもや、すぐに眼をそらして、午後にすることを話し始めた。本当に、ダイアナ[三]とお附《つ》きのニンフたちそっくりだった！

農家にとまっていた後だけに、この歯切れのいい、俗語まじりの、熱心な話し振り、この冷静で、すっきりした、気取らぬ洗練さは、初めは、変だったが、そのうちに自然になって、今やって来た前のところが、急に遠くへ消えてしまった。

二人の小さな方の名前はサビナとフリーダ、一番上のはステラというらしかった。やがて、サビナという娘《こ》が、アシャーストの方を振り向いて言った。

「ねえ、私たちと小えび取りにいらっしゃらない？――とても面白いのよ！」

この思いがけぬ親しさにびっくりして、アシャーストはつぶやくように言った。

「僕、今日の午後帰らなきゃならないんでね」

「まあ！」

「お延ばしになれませんの？」

アシャーストは、この初めて話しかけたステラの方を向いて、頭を振り、にっこり笑った。彼女はとても可愛らしかった！　サビナは、残念そうに、「延ばして下さればいいのに！」それから、話は洞穴《ほらあな》と水泳に移って行った。

「遠くまで泳げますの？」

「二マイルくらいだね」

「まあ！」

「まあ、すごいのね！」

「すばらしいわね！」

この三人の娘《こ》に、青い瞳をじっとそそがれて、アシャーストは、ここで、自分が新しく重要な立場にいることを知った。この気分にひたることは、彼には気持のいいものだった。

ハリディが言った。

「なあ、君、ひと泳ぎして行かなきゃ。今晩泊っていった方がいいよ」

「ねえ、そうなさいよ！」

だが、アシャーストは、またも、にっこり笑って、頭を振った。と、急に彼は、運動は何ができるのかと、うるさく問いつめられるのだった。たしか、大学のボート・レースの選手だったし、大学の蹴球《しゅうきゅう》チームに出たことも、大学の一マイル競走で優勝したこともある。そして、彼が立ち上った時は、一種の英雄となっていた。

二人の小さな方の娘《こ》は、ぜひ『自分たちの』洞穴《ほらあな》を見て下さらなきゃ、と言ってきかなかった。で、二人は、アシャーストをその真中に、ステラと兄を少し後に、かささぎのように、ぺちゃくちゃ喋《しゃべ》くりながら出かけて行った。

洞穴の中は、どこの洞穴とも同じように、じめじめして、うす暗かったが、大きな特色というのは、つかまえて壜《びん》に入れておける生き物のいそうな水溜《みずたま》りだった。サビナとフリーダは、日焼けした、すらっとした足に靴下をはいていなかった。彼女たちは、アシャーストに、一緒に中に入って、水をすくうのを手伝ってくれとねだった。彼も、やがて、靴や靴下を脱いでしまった。

水溜りには、可愛い子供たち、その縁《ふち》には、若々しいダイアナのような乙女がいて、何をつかまえても、さも珍しそうに、受け取ってくれる。こんな場合、美的感覚のあるものにとっては、時の経つのは早いものだ！

アシャーストには、ほとんど時間の観念がなかった。時計をひっぱり出して見て、はっとした。三時をかなり過ぎていた。今日は小切手を現金に替えられない――銀行は、行きつく前に、閉ってしまうだろう。彼の表情を見て、少女たちはすぐに叫んだ。

「ばんざーい！　もう泊らなきゃならないわよ！」

アシャーストは黙っていた。彼は再びミーガンの顔を思い浮べていた。朝飯の時に、ミーガンにこうささやいたのだった。「僕ね、これから、いろんなものを買いに、トーキィに行ってくるからね。今晩帰ってくる。もしもお天気だったら、今夜二人で発《た》てるんだ。用意しておくんだよ」この彼の言葉を聞いて、如何に彼女が身をふるわせ、頼りにしたかを再び彼は思い起すのだった。

ミーガンはどう思うだろう？　その時、急に彼は、水溜りの縁に立っている、すらっとした、色白の、ダイアナのようなもう一人の少女が、じっと視線を向けている姿と、心持ちつり上った眉の下の、いぶかしそうな、青い瞳を見て、気をとりなおした。もしこの娘たちが自分の心の中にあることを知ったとしたら――もし今夜こそやろうと思っていることを知ったとしたら――！　そりゃ、実にいやな声をちらっと洩《も》らして、自分ひとりを洞穴の中にとり残して行ってしまうだろう。

そう思うと、憤りや、口惜《くや》しさや、恥ずかしさが、一緒にこみあげてきて妙な気持になり、アシャーストは時計をポケットの中にしまいこんで、急に言った。

「そうだね、今日はだいなしになっちゃったよ」

「ばんざーい！　さあ、一緒に泳げるでしょう」

この可愛らしい子供たちの満足しきった様子や、ステラの唇に溢《あふ》れる微笑《ほほえみ》を見たり、ハリディから「そいつぁ、すばらしいや！　夜のものなんか貸してあげるよ！」などと言われると、ちょっと譲らないわけにはいかなかった。だが、またもや、切望と悔恨の情が急にアシャーストにこみあげて来るのだった。彼は、むっつりした表情を浮べて、

「電報を打たなきゃならないんだ！」と言った。

水溜りの魅力も薄らいで、一行はホテルへ戻った。アシャーストは、ナラコーム夫人に宛てて、『スマヌ、コンヤトマル、アスカエル』という電報を打った。きっと、ミーガンは、用事が多すぎたんだと思うだろう。そう思うと、彼の心は軽くなった。すばらしい午後だった。暖かく、海は青々と、静かだった。彼は泳ぎが大好きだったし、二人の可愛らしい子供たちに好かれたり、子供たちや、ステラや、ハリディの陽気な顔を眺めたりして、すっかりいい気持になった。こうしたことは、いささか夢のようだったが、何もかも、ごく自然に思われた——それは、彼がミーガンと駈落《かけお》ちする前の、平凡な現実の世の見納めのようなものだった！

彼は水着を借りて、みんなと一緒に出かけた。ハリディとアシャーストは、とある岩かげで、三人の少女たちは、別な岩かげで、水着に着かえた。アシャーストが真先に海にとびこみ、自慢の腕前を見せようと、勇ましく、沖へ向ってすぐさま抜手を切った。振り返って見ると、ハリディは岸辺に沿って泳ぎ、少女たちは、ぱちゃぱちゃやったり、もぐったり、小さな波に乗ったりしているのが見えた。

そんなところを見ると、彼はいつも軽蔑《けいべつ》するのだったが、今は、自分だけが深海魚のような泳ぎ手だという栄誉を与えられただけに、可愛らしく、分別があるように思われるのだった。

だが、少女たちの方にだんだん泳ぎながら、彼は、自分のようなあかの他人が、水をはねかけ合っている彼女たちの中へ入って行って、いやがられはしないかといぶかった。彼は、あのすんなりしたニンフのようなステラにだんだん近づくにつれて、恥ずかしい気がして来た。その時、サビナが浮き方を教えて、と彼を呼んだので、二人の娘《こ》にすっかり手がふさがってしまって、ステラが自分のいることを気まずく思っているかどうか、注意を向ける暇さえなかった。

やがて、急にステラのびっくりしたような声が聞えた。ステラは、立ったまま腰まで水につかり、少し前かがみになって、ほっそりとした白い両腕を前に伸ばして指さすようにし、そのぬれた顔を、まぶしさと心配の表情で、しかめていた。

「フィルを見て！ 大丈夫かしら？ あっ、見て！」

アシャーストはすぐにフィルが危いことを見てとった。フィルは百ヤードばかり離れた背の立たないところで、水しぶきをあげながら、もがいていたが、突然叫び声をあげたかと思うと、両腕を投げあげるようにして沈んでしまった。

アシャーストは、ステラが兄の方にとび出して行くのを見て、「ステラ、戻って！ 戻って！」と大声を張りあげ、すさまじい勢で泳いで行った。今までにない全速力で泳ぎ、ハリディのところに泳ぎついた時、ちょうど彼が再び浮き上った。こむらがえりをおこしたのだった。もがかなかったので、ハリディを岸に連れ戻るのに骨は折れなかった。

アシャーストにとまれと言われたところに待っていたステラは、兄が足の立つところまで来ると、手を貸し、浜に上ると、アシャーストと一緒にハリディの両側に坐《すわ》って、手足をもんでやった。小さい二人はおびえたような顔をして、そばにたたずんでいた。

やがて、ハリディは微笑を浮べた。いやあ、へまをやっちゃったよ——と彼は言った——とんだ醜態さ！　腕を貸してくれりゃ、もう大丈夫着物のところまで行けるよ、とアシャーストに言った。

言われた通りに、アシャーストは腕を貸したが、その時、ステラの顔をちらっと見た。ぬれほてって、涙ぐんだその顔は、すっかり崩れて、いつもの落着きを失なっていた。彼は、『ステラなんて呼んでしまった！　気を悪くしてやいないかしら？』と考えた。

みんなが着物に着かえている時、ハリディが静かに言った。

「君は僕の命の恩人だよ！」

「とんでもない！」

着かえ終ったが、まだ気を取り直していなかった。みんな揃ってホテルに帰り、お茶の席についたが、ハリディだけは自分の部屋で横になっていた。ジャム付きのパンを幾切れか食べた後で、サビナが、

「ねえ、あなたって、ほんとにいい方ですわ！」と言った。すぐフリーダが言葉を合わせて、

「そうよ！」と言った。

アシャーストは、ステラがうつむいているのを見るや、どぎまぎして立ち上り、窓際へ歩いて行った。そこから彼はサビナが、低い声で「ねえ、血の誓いをしましょうよ。フリーダ、あなたのナイフどこにあるの？」と喋《しゃべ》っているのを聞いた。それから、少女たちがみんな、まじめくさった顔をして指をつき刺し、血を一滴しぼり出して、紙切れにこすりつけるのを、横眼でちらっと見た。彼は振り返えってドアの方へ歩きかけた。

「逃げちゃいや！　戻って！」彼は、腕をつかまえられ、二人の少女の間にはさまれて、テーブルのところにつれ戻された。テーブルの上には、血で似顔を画いた紙が一枚あって、ステラ・ハリディ、サビナ・ハリディ、フリーダ・ハリディの三人の名前が——これも血で、その似顔に向って星の光のように書かれてあった。サビナが言っ

た。

「これ、あなたよ。私たち、あなたにキスしなければいけないのよ、ねえ」

するとフリーダがおうむ返しに、

「そうよ！　ねえ――ほんとよ！」と言った。

アシャーストが逃げ出せないうちに、何かぬれたような髪の毛が顔にふりかかり、何かしら鼻の上を急に噛《か》むような感じがしたかと思うと、左腕がつねられ、別の歯がそっと彼の頬をさぐっているのを感じた。間もなく、彼が解放されると、フリーダが、

「さあ、ステラの番よ」と言った。

アシャーストは、真赤に固くなって、テーブル越しに赤く固くなっているステラを見た。サビナがくすくす笑い、フリーダが叫んだ。

「さあ、早く――みんな駄目になっちゃうわよ」

妙な、恥ずかしそうな、情熱が、急にアシャーストの全身をめぐった。やがて、彼は静かに言った。

「お黙り、ほんとにいたずらっ子だね！」

またもや、サビナがくすくす笑った。

「じゃあ、そんなら、お姉さまは、自分の手にキスするのよ。そしてね、その手をあ

なたがお鼻にあてればいいわ。あなたのお鼻って、曲ってるのね！」

驚いたことに、ステラは自分の手にキスして、それを差しのべた。まじめくさった顔をして、アシャーストは、ステラの冷ややかな、か細い手をとって、自分の頬にあてた。二人の少女たちは、一斉にぱちぱちと拍手を送った。フリーダが言った。

「さあ、これで、私たち、いつでもあなたの命をお助けしなくちゃいけないのよ。これで決まっちゃったの。ステラお姉さま、も一杯ちょうだい？　こんなにうすいんじゃないのをね」

また、お茶になった。アシャーストは、その紙切れをたたんで、ポケットに入れた。話題は、はしかで得をしたとか、蜜柑《みかん》がどうとか、一匙《さじ》の蜂蜜《はちみつ》をどうしたとか、授業がなかったとかいうことに移って行った。アシャーストは、ステラと親しそうに見交わしながら、黙って聞いていた。ステラの顔は、再び前のように日焼けしたうす桃色になっていた。この愉快な家族にこんなに大事にされて気持も和らぎ、みんなの顔を見ていると、うっとりとしてくるのだった。

お茶がすんでから、二人の少女たちが海草の押花を作っている間、アシャーストは窓辺に腰かけて、ステラに話しかけたり、彼女の水彩画を見たりした。何もかも、楽しい夢のようだった。時の経つのも、起った出来事のことも忘れ、大事な用件も、現実も、のびのびになってしまった。

明日は、この子供たちの血のついた紙切れをポケットに入れて行く以外には、すべてを忘れて、ミーガンのところへ戻って行くのだ。子供たち！　ステラは全くの子供ではないのだ――ミーガンと同じ年頃なのだ！

彼女の――早口で、幾分固くなって、はにかみ勝ちであるが、親しみのこもった――話し振りは、彼が黙っていると、盛んにはずむように思われ、彼女にはどことなく、冷ややかな、純潔な――深窓の乙女らしいところがあった。

夕食の時、海水をひどく呑《の》んだハリディは姿を見せなかったが、サビナが言った。

「私、あなたをフランクと呼ぶことにするわ」

フリーダは、すぐさま、おうむ返しに、

「フランク、フランク、フランキィ」と言った。

アシャーストは、にやにや笑って、頭を下げた。

「ステラお姉さまがアシャーストさんて言ったら、いつも罰金をはらうのよ。だっておかしいんですもの」

アシャーストはステラの方を見た。彼女の顔はだんだん赤くなって行った。サビナはくすくす笑い、フリーダは叫んだ。

「お姉さま、赤くなった――赤くなったわよ！――やあーい！」

アシャーストは左右へ手をのばして、両手に少しずつ少女たちの金髪をつかんだ。

「これ、二人とも！　ステラをかまうと、二人とも髪を結《ゆわ》えてしまうよ！」

フリーダはぶつぶつ言った。

「痛いわ！　ひどい方ね！」

サビナは注意深くささやいた。

「あなたったら、お姉さまをステラって言ってるじゃないの！」

「どうして言っちゃいけないのだ？　すてきな名前だもの！」

「いいわ。そう呼ばしてあげるわ！」

アシャーストは髪の毛を放した。ステラ！　この後で――彼女は自分をなんと呼ぶだろう？　だが、彼女はなんとも呼ばなかった。やがて、床につく時間になった時、彼は、わざと言ってみた。

「おやすみなさい、ステラ！」

「おやすみなさい、あのう――おやすみなさい、フランク！　ほんとにすばらしかったわ！」

「いやあ――あんなこと！　とんでもない！」

彼女は、すっと手を差しのべて、急に力強く握手をしたかと思うと、また急にゆるめてしまった。

アシャーストは、誰もいなくなった居間に身動き一つせず立っていた。花の咲き匂うリンゴの木の下で、ミーガンを抱きよせて、その眼と唇にキスしたのは、ほんの昨夜のことだった。どっとこみあげて来る思い出におしまくられて、彼は、はっと息をのんだ。

今夜、始まるはずだった――ただひたすらに一緒にいたいと願うミーガンとの生活が！　もう今となっては――時計を見なかったばかりに――二十四時間ないしそれ以上経たなければならないのだ。

ちょうど、純潔やその他すべてのことに別れを告げようとしていた時に、どうして、この無邪気な子供たちと親しくなってしまったのだろう？　「だが、僕はミーガンと結婚する積りだ。あの娘《こ》にそう言ったのだ！」と彼は考えた。

アシャーストは蠟燭《ろうそく》をとって火をつけ、ハリディの部屋と隣り合った自分の寝室の方へ行った。通りかかると、ハリディに呼びとめられた。

「おい、君か？　ねえ、入れよ」

ハリディはベッドに起き上って、パイプをくゆらしながら、本を読んでいた。

「ちょっと腰かけろよ」

アシャーストは広々と開け放たれた窓辺に腰かけた。

「僕、午後のことを考えていたんだよ。死ぬ時には過ぎ去ったことをすっかり思い出すって言うが、僕はそうじゃなかった。僕はまだそこまで行かなかったんだろうね」とハリディが、いささかだしぬけに言った。

「何を考えたんだ？」

ハリディはちょっと黙っていたが、やがて、静かに、

「そうだね、一つ思い出したんだよ――ちょっと妙なことなんだが――僕がどうかしたかも知れないケンブリッジの女の子のことさ。くよくよ気にかけていなくってよかったと思うんだ。ともかく、ねえ、君、僕がこうしていられるのは、君のお蔭《かげ》だよ。ほんとに、今頃は大きな暗黒の世界にいただろうね。ベッドも、煙草も、何もかもなしでさ。死ぬ時には、どんなことになると思うかね？」と言った。

アシャーストはつぶやくように、

「焰《ほのお》のように消えて行くんだろうね」と言った。

「いやだな！」

「ちらちら光って、ちょっとしがみつくだろうね、きっと」

「ふーん！　ちょっと陰気な話だね。ところで、妹たち、君によくしてくれたかね？」

「とってもよくしてくれたよ」

ハリディはパイプをおき、首の後ろに両手を組んで、窓の方をふり向き、「あの子供たちは悪い子じゃないよ！」と言った。

微笑を浮べ、蠟燭の光を顔に受けて、ベッドに寝ている友人をじっと見つめながら、アシャーストは身震いした。全くそうだ！　まかり間違えば、微笑も見せず、あの陽気な顔つきも永遠に消え失《う》せて、友はここに横たわっていたかも知れない！　或は、ここに屍《しかばね》を横たえずに――九日目だったろうか？――よみがえるのを待ちわびながら、海底の砂に埋《うず》もれていたかも知れないのだ。

するとハリディのあの微笑が、彼には急に何かしら不思議なものに思われるのだった。まるで、その微笑の中に生と死との違いのすべてがあるかのように――この小さな焔が――そのすべてなのだ！　彼は立ち上って、やさしく、

「さあ、寝なきゃいけないだろうよ。蠟燭を消そうか？」と言った。

ハリディは彼の手をとって、

「口じゃ、こんなこと言えないんだがね、死ぬなんて、いやなことだろうな。じゃあ、

君、おやすみ！」と言った。

いたく心を動かされて、アシャーストはハリディの手を強く握りしめ、階下へ降りて行った。玄関の戸はまだ開いていた。彼はそこを通り抜けて、新月園の前にある芝生に出た。星が濃紺の夜空にまたたき、その光に映えて幾本かのライラックが、何とも言えぬ夜の花の神秘的な色を漂わせていた。

アシャーストは、ライラックの小枝に顔をすりつけた。すると、閉じた眼の前に、可愛らしい茶色のスパニエルの小犬を胸に抱きかかえたミーガンの姿が浮んできた。

「僕がどうかしたかも知れない女の子のことを思い出したんだよ。くよくよ気にかけていなくてよかったと思うんだ！」

彼はライラックから急に頭を離し、芝生の上をあちこち歩きかけた。家の両端についているランプから来る光を受けて、一瞬、灰色の幻影がくっきりと見えた。またもや、彼は生き生きと、白く咲き匂うリンゴの木陰にミーガンと共にいるのだった。

小川はさらさら流れ、月は水浴び場の水面に、はがね色の光を投げかけていた。あの仰ぎ見る、あどけない、つつましやかな情熱に溢《あふ》れた彼女の顔にそそいだ口づけの歓《よろこ》びに、あの異教的な夜の不安と美しさに、彼はひたっていたのだった。

もう一度、彼はライラックの蔭にじっと立ち止った。ここでは、小川ならぬ海の音が闇の中にひびき渡っていた。海は打ち寄せては返す波の音ばかり、小鳥の囀《さえず》る音も、ふくろうの鳴き声も、よたかの呼び招く声も聞えなかった。ただ、ピアノの調べが流れ、白い家々が夜空にくっきりと曲線を描き、ライラックの香りが夜気にみなぎっていた。

ホテルの高いところにある窓に、明りがついて、人影が一つ、ブラインド越しに動くのが見えた。すると、彼の胸のうちに、この上なく奇妙な感情がこみ上げてきた。それは、まるで、春と恋とが、とまどい、まごつき、はけ口を求めて、行き悩むように、ただ一つの情緒が、かきまわされ、もつれ、ひっくり返るような気持だった。

彼をフランクと呼び、その手でいきなりそっと彼の手を握りしめたこの少女、いかにも冷ややかな、純潔なこの少女——一体、彼女は、こんな一途に思いつめた、無軌道な恋をどう思うだろうか？

彼は芝生の上にどっかと尻《しり》もちをついて、建物の方に背中を向けて、何か彫刻の仏像のように身動き一つせず、あぐらをかいたまま坐《すわ》っていた。彼は本当に純潔さをおかしておきながら、そっと逃げ出す積りだろうか？　野の花の香りを嗅《か》いでおいて、あとは——恐らく——投げ捨ててしまう積りだろうか？　「僕がどうかしたかも知れないケンブリッジの女の子のことさ！」

彼は両脇に片方ずつ、掌《たなごころ》を下に向けたまま、両手を芝生において、押してみた。芝生はまだほんのりと暖かった——少しばかりしっとりと、やわらかく、強く、懐かしいものだった。「僕は一体どうしたらいいのだろう?」と彼は考えた。

きっと、ミーガンは窓辺によりそってリンゴの花を眺めながら、僕のことを思っていることだろう! 可哀そうなミーガン! 「どうしていけないのだ?」と彼は思った。「僕は彼女を愛しているのだ! だが、僕は——本当に彼女を愛してるだろうか? それとも、ただ、彼女がとても可愛らしく、僕を愛してくれるという理由だけで、彼女を欲しているのだろうか? 僕は一体どうしたらいいのだろうか?」

ピアノの調べは流れ、星はまたたいている。アシャーストは、魔法にでもかかったように、眼の前にひろがっている闇の大海原をじっと見つめていた。足がしびれ、空気が冷えびえとしてきたので、とうとう、彼は立ち上ってしまった。どの窓も、もう明りは消えていた。彼は中に入って床についた。

8

どんどんとドアを叩《たた》く音に、彼は、夢も見なかった深い眠りから眼をさました。

「おい！　朝飯ができているよ」という甲高い声がした。

彼はとび起きた。一体ここは何処なんだろう！　ああ、そうだ！

みんなはもう、マーマレードを食べていた。彼はステラとサビナの間の空いている席に腰をおろした。サビナは、しばらく彼を見つめていたが、

「ねえ、元気をお出しになってちょうだい。私たち、九時半に出かけますのよ」と言った。

「おい、君、みんなでベリー・ヘッド《ニ三》へ行くんだ。君も絶対来なくちゃいけないぜ！」

アシャーストは考えた。「来なくちゃいけないって！　とんでもない。支度をして、すぐ帰るんだ」彼はステラを見やった。彼女はすかさず、

「いらっしてちょうだい！」と言った。

サビナが調子をあわせて言った。

「あなたがいらっしゃらなくちゃ、面白くないわ」

フリーダは立ちあがり、彼の椅子の後ろに立った。

「いらっしゃらなくちゃ駄目よ。でないと、髪の毛を引っぱるわよ！」

アシャーストは考えた。「そう――もう一日――よく考えてみよう！　もう一日だけ！」そして彼は言った。

「行きましょう！　もう髪の毛を引っぱらないで！」

「ばんざーい！」

停車場で、彼は二本目の電報を、農場あてに書いた、しかしそれは――破いてしまった。たとえ尋ねられても、彼はその理由《わけ》を説明することはできなかっただろう。ブリクサム[二四]から一行は、非常に小さい馬車に乗って行った。

馬車の中で、彼はサビナとフリーダの間にぎゅっとはさまれて坐り、ステラと膝《ひざ》をつき合せながら、みんなで「銭まわし」をやって遊んだ。そうしている中に、彼が感じていた憂鬱《ゆううつ》さは、はしゃいだ気分に変っていった。よく考えるためのこの一日なのに、彼は考えたくなかった！　みんなは駈《か》けっこをしたり、レスリングをしたり、水遊びをしたり――誰も泳ぎたくなかったので――輪唱したり、ゲームをしたりして、持って来たものを全部食べてしまった。帰りには、小さな女の子たちは、彼にもたれて眠ってしまい、彼はせまい馬車の中で、また、ステラと膝をつき合せていた。

三十時間前には、この三人の亜麻色の頭のどれも見たことがなかったなどとは、信じられないように思えた。汽車の中では、ステラと詩について話し、彼女の好きな詩人を知ったり、自分の好きな詩人の話を心地よい優越感をもってしたりした。そのうち、急に彼女は声を少し低くして言った。

「フランク、フィルがあなたは来世を信じないっていうんですよ。私、それは、恐ろしいことだと思いますわ」

面喰《めんく》らって、アシャーストは、

「信ずるも信じないもないんです――ただ、僕には、分らないんですよ」と、つぶやいた。

彼女はすぐ、

「私にはそのようなこと堪えられませんわ。それじゃ、何のために生きているんでしょうか？」

彼女がきれいな、上り気味の眉《まゆ》をひそめるのを見ながら、アシャーストは答えた。

「信じたいから信じる、なんてことは、僕には信じられません」

「じゃあ、来世の生活がないのなら、どうして人は、もう一度生きたいと願うのでしょう？」

こう言って、彼女は彼をじっと見つめた。

彼は彼女の気持を損《そこな》いたくはなかったが、彼女をうんと言わせてやりたくなって、

「人間は、生きているうちは、当然、何時までも生きてたいと思いますよ。それが生きていることの一部分なのですから。だが、恐らく、それはそれ以上のものではないでしょうよ」と言った。

「それじゃ、あなたは、聖書を全然信じないのですか？」

アシャーストは、「こんどは、本当に、彼女の感情を害することになるかな！」と、思った。

「僕は、山上の垂訓は信じますよ。どんな時代にとっても、美しく立派ですからね」

「でも、キリストが神の子だったとは、お信じにならないのですか？」

彼は首を振った。

彼女は、つと顔を窓の方へ向けた。すると、彼の心の中には、ニックがくりかえしたミーガンの祈りが浮んだ。「神さま、私たちすべてをお恵み下さいませ、そしてアシェズさまも！」他に一体誰が、彼のためにお祈りをしてくれるだろうか？　この瞬間にさえ、彼を待っているに違いない——小道をやって来る彼に会おうと、待ってい

るに違いない、あの娘のように。突然彼は、「おれは、何という悪党なんだろう！」と、考えた。

その晩中、この考えがたえず浮んできた。しかし、よくあるように、この考えも、浮んでくる度毎に、次第に胸を刺さなくなり、しまいには、悪党であるのが、ほとんどあたりまえのことのように思われてきた。そして——妙なことには！——自分がミーガンのところへ戻ろうとすれば悪党になるのか、それとも戻ろうとしなければそうなるのか、彼にはわからなくなってきた。

みんなは、子供たちが寝かされるまで、トランプをして遊んだ。それからステラは、ピアノに向った。アシャーストは、うす暗くなった窓辺に腰をおろして、蠟燭《ろうそく》の間に見えるステラを、じっと見ていた——ほっそりした白い頸《くび》すじの上にある金髪の頭が、両手の動きにつれてかしぐのを。彼女は流れるように演奏したが、表現にはとぼしかった。

しかし、何と彼女はすばらしい絵のような姿だったろう！　淡い金色の光彩、何か一種の天使のような雰囲気が——彼女のまわりに漂っていた。清らかな天使のような頭をした、揺れ動いている白衣の乙女の前で、一体誰が情熱的な考えや、野放図な欲望を持つことが出来ただろうか？　彼女は、シューマンの「なぜ？《ヴァルム》」という曲を弾いた。そのうち、ハリディが、フルートを持ち出して来たので、魅了《ゆめ》からさめてしまった。

その後、アシャーストは、ステラのピアノ伴奏にあわせて、シューマンの歌曲集から歌わせられたが、「われは嘆かじ《イッヒ・グローレ・ニヒト》」の中途まで歌った時、水色の寝巻を着た、二つの小さな人影がそっとしのび込んで来て、ピアノの下に隠れようとした。そこで、この夕も大騒ぎとなり、サビナのいう「すばらしい騒動」で終ってしまった。

その夜、アシャーストは、ほとんど眠れなかった。彼は考えつづけ、しきりに寝返えりを打った。この二日間の、この上ない家庭的な親しさ、そしてまた、このハリディ家のもつ雰囲気の強さというものが、彼をしっかり取り囲んで、農場やミーガン――ミーガンさえをも――現実のものではないように思わせるのだった。

自分は、本当にあの娘《こ》に恋を語ったのだろうか――本当にあの娘を連れ出し、生活を共にしようと約束したのだろうか？　自分は、春や、夜や、リンゴの花などに、たぶらかされたのに違いない！　この五月《はる》の狂気の沙汰《さた》は、二人を滅ぼすだけのことだろう！

あの娘――まだ十八歳にもならない、無邪気な子供――を、自分の情婦にしようとしていたのかと思うと、恐ろしいような気持で一杯になるのだったが、また一方、その事を考えると、今でも血が湧き立って苦しむのだった。彼は自分自身に、「大変なことをしてしまった——大変なことを！」と、つぶやいた。

と、シューマンの曲の音が心に響き、熱いうかされたような思いとまじり合い、彼は、ステラの冷ややかな、白い、金髪の姿や、かしいだ首筋や、彼女をとりまくあの不思議な天使のような輝きを見るのだった。

「おれは気が違っていたに違いない——いや、気が違っているにちがいない！」と、彼は考えた。「一体、何がおれの中に入って来たのだろう！　可哀そうなミーガン！『神さま、私たちすべてをお恵み下さいませ。そして、アシェズさまも！』『私、あなたと一緒にいたいんです——ただ、ご一緒にいたいだけなんです！』」彼は、枕に顔を埋め、こみあげて来る嗚咽《おえつ》をおさえた。戻って行かないことは恐ろしかった！　戻って行くことは——なお更、恐ろしかった！

感情というものは、人が若くて、実際にそのはけ口がある場合には、人を苦しめる力などは失くしてしまうものである。「一体、それがなんだって言うんだ——二、三回キスしただけじゃないか——一月もすれば、みんな忘れてしまうさ！」こう考えながら、彼は眠ってしまった。

翌朝、彼は小切手を現金に代えたが、あの鳩羽色《ダヴ・グレイ》のドレスを売っている店を、疫病のように避けて通り、その代りに、自分の必要な品を少しばかり買った。彼は自分に対して何か不愉快な気持を抱いて、その日、一日中、妙な気分で過した。この二日間の、切ない思いの代りに、彼はただ空虚さのみを感じていた——あたかも、あの激しく流れ出た涙の中にかき消されてしまったかのように、あらゆる熱情的な想いは消え去っていた。

　お茶のあとで、ステラは一冊の本を彼のそばに置き、恥ずかしそうに言った。

「フランク、この本をお読みになりまして?」

　それは、ファーラー[二五]の「キリスト伝」だった。アシャーストは微笑んだ。彼の信仰について、彼女が心配するのは、滑稽《こっけい》のように思えたが、又、いじらしかった。その気持に感化されたのか、彼は、たとえ、彼女を改宗させられなくても、自分の正しさを主張したくてたまらなくなってきた。そこで、日が暮れ、子供たちとハリディが、小えび取り網を繕っている時、彼は切り出した。

「僕の知っているかぎりでは、正統派宗教の背後には、常に報酬という考えがあるんですね——善良であればどんな報酬が得られるか、といったように、結局、一種の恩恵を求めるということですね。僕は、それはみんな恐怖心から出たものだ、と思いますね」

彼女はソファに坐《すわ》って、紐《ひも》ぎれで小間結びを作っていたが、すっと顔をあげて、

「それよりは、もっと深いものだと思いますわ」

アシャーストはまた、彼女をうんと言わせてやりたいと思った。

「あなたは、そうお考えになるでしょう。でも、『報酬』を求めるということは、私たちすべてに、一番深く根ざしているものなのです。その根底をつきとめるのは、非常にむつかしいことなのです」

彼女は、わからないというふうに、眉《まゆ》をひそめた。

「どうもわかりませんわ」

彼は依怙地《いこじ》になって言葉を続けた。

「まあ、考えてごらんなさい。最も信心深い人というのは、この人生が自分の欲しいものを何でも全部与えてはくれない、と思っている人たちではないんでしょうか。僕は善人になることを信じますね、だって、善人になるということそれ自体が善いことなんですからね」

「それじゃ、あなたは、善人になることは、いいことだとお信じになるのですね？」

この時の彼女は、何と美しく見えたことだろう——この娘と一緒なら、善人になるのもたやすいことだ！　で、彼は頷《うなず》いて言った。

「ねえ、その結び目の作り方を、教えて下さいよ！」

彼女の指先に触れながら、紐ぎれをいじりまわしていると、彼は心がなごみ、しあわせな気持になるのだった。ベッドに入ってからも、何かしら身を守る着物のように、彼女の美しい冷ややかな、尼僧のような輝きの中につつまれて、強いて彼女のことを思うようにしていた。

翌日、彼は、皆でトットネス[二六]まで汽車で行き、それからベリー・ポメロイ城[二七]へピクニックに行く手《て》筈《はず》がととのえられているのを知った。まだ、過去をきっぱり忘れ果てたままの気持で、彼は四輪馬車にみんなと乗り込み、馬に背を向けて、ハリディの横に席をとった。そして、海岸通りに沿って、馬車が、停車場へ曲る近くにさしかかった時、彼は気も顛倒《てんとう》するばかりに驚いた。

ミーガン――まぎれもないミーガン！――が、あの古びたスカートとジャケツを着、大黒帽子《タモシャンター》をかぶって、行きすぎる人々の顔をのぞくようにしながら、向うの歩道を歩いているではないか。本能的に、彼は片手をあげて顔を隠し、それから、眼に塵《ごみ》が入ったのを取るようなふりをした。だが、指の間から、まだ彼女の姿が見えた。田舎でのあの自由な足どりではなく、ためらいながら、とまどいし、あわれな様子で歩いている姿――ちょうど、主人を見失った小犬が、走って行ったらよいか、戻って行ったらよいか――どちらに行ったらよいか分らないといった様子でいるような姿を。彼女は、一体、どうしてこんな所までやって来たのだろう？――どんな言訳をして出て来たのだろう？――一体、彼女は何を望んでいるのだろう？

しかし、彼女から遠ざかっていく車輪の一回転ごとに、彼の心は反叛《はんはん》し、車を止めろ、下りろ、彼女のところへ行け！　と、叫んだ。馬車が停車場への曲り角をまわった時、彼はもう我慢出来なくなり、馬車の扉を開けるなり、「忘れ物をした！　先に行ってて下さい――待たないで！　次の汽車で行き、城で追いつきます！」と、つぶやいた。

彼は跳び下り、つまずき、よろめいたが、均衡をとり戻して、歩き出した。その間に、びっくりしているハリディ家の人たちを乗せたまま、馬車はごろごろと進んで行った。

その曲り角から、彼はミーガンの姿をみたが、もう大分遠くなっていた。彼は五、六歩走ったが、やめて、歩きだした。一歩一歩と彼女に近づき、ハリディ家の者たちから遠ざかるにつれて、彼の歩みはだんだん遅くなっていった。

彼女を見たからって――事態が、どう変わるというのか？　どんなふうにして彼女のところへ行ったらいいだろうか？　また、行ったために起るかも知れないようなことを、どんなふうにして、みにくくないようにするのか？　というのは、隠しようがなかったのだが――ハリディ家の人たちに会って以来、彼は、ミーガンと結婚できないことが、だんだんはっきり分ってきていたのだった。

それは、ただ、熱狂的な恋と、不安な、悔恨にみちたひとときであり――やがては――もう、やがては飽きてしまうだろう。ただ、彼女が何もかもすべてを彼に捧《ささ》げ、きわめて単純で、頼りきっており、露のようにはかないからという理由で。露は――やがては消え去るものなのだ！

色の褪《あ》せた小さな点、彼女の大黒帽子《タモシャンター》が、彼のずっと前の方で、揺れ動いていた。彼女は一人一人顔を覗《のぞ》きこみ、家々の窓を見あげていた。これ程むごい一瞬を経験しなければならなかった男が、他にあっただろうか。何はともあれ、彼は、自分が畜生のように感じられた。そして、彼はうめき声をあげたので、一人の子守女にふり向かれ、じっと見つめられた。

彼は、ミーガンが立ち止まり、海岸の岸壁にもたれて、海を眺めているのを見て、自分も立ち止まった。彼女は、これまで海を見たことがなかったので、こんなに苦しんでいる時すら、あの景色に見とれたのだろう。

「そうだ、あの娘《こ》は今まで、何も見ちゃいないのだ」と、彼は考えた。「何もかも、これからなんだ。それが、たった、二、三週間の情熱のために、おれは彼女の人生を、ずたずたに切り裂いてしまうことだろう。そんなことをするより、おれは首をつった方がましだ！」

すると突然、彼には、ステラの静かな眼《まな》ざしが、自分の眼をじっと見、彼女の綿毛のような波うつ前髪が、風にかきみだされるのを見たように思った。ああ！　まるで気が変になったみたいだ、自分の尊敬するすべてのものも、自尊心をもなくしてしまうことなのだ。彼はくびすを返えすと、どんどん停車場の方へ歩き出した。

しかし、あの哀れな、途方に暮れた小さな姿や、行きずりの人々を探している、あの心配そうな眼ざしが心に残っていて、再び彼を激しく責めたので、もう一度、彼は海の方に向った。あの帽子は、もう見えなかった、あの小さな色のついた点は、真昼の散策者たちの人波にかき消されていた。

はげしい憧憬《しょうけい》の気持ち、人生が何かを、手のとどかない所へ持ち去ろうとしているように思える時に、人を襲うあの喪失感に駆られて、彼は急いだ。彼女はどこにも見えなかった。

半時間程、彼女を探してから、彼は汀《なぎさ》に身を投げだし、砂浜に顔をふせた。彼女を見つけ出すには、停車場に行き、自分を探し出す事も出来ずに、汽車で帰ろうとして、戻ってくる彼女を待っていさえすればいいのだということも、また、彼自身が汽車で農場に帰って、彼女の帰りを待ちさえすればいいのだということも知っていた。

だが、彼は、シャベルやバケツを手にした無頓着《むとんちゃく》な子供たちの群がる中で、ぼんやり砂の中に横たわっていた。さまよい、探し求めている、彼女の小さな姿への憐《あわ》れみは、彼の血潮の春の流れに、ほとんど呑《の》み込まれてしまっていた。というのは、今では、荒々しい感情ばかりで――かつて持っていた騎士的な部分は、消え失《う》せていた。

彼は、ふたたび彼女が、彼女の接吻《くちづけ》が、彼女の柔らかな、小さな体が、熱情に放心した姿が、敏感で、烈しく、神をおそれぬ情が、みんな欲しかった。月光に照されたリンゴの木の下での、あの夜のすばらしい感動が欲しかった。ちょうど、牧羊神が妖精《ニンフ》を求める様に、それらすべてを、非常に激しく求めるのだった。

あの小さな、照り輝いた鱒《ます》のいる小川の、せわしいせせらぎ、まぶしいようなきんぽうげ、昔「ジプシー」が住んでいた岩、かっこうやきつつきの呼び声、ふくろうの鳴き声、びろうどのような暗闇から出て、生き生きした花の白さをのぞく赤い月、ほんの少しのところで手の届かなかった窓辺にもたれて、恋の思いにうっとりしていた彼女の顔、あのリンゴの木の下で、自分の胸にもたれかかった彼女の胸、自分の唇に答えた彼女の唇――このすべてのことが、彼を襲った。

だが、彼は、ぐったりと横になっていた。憐れみと、この胸を焼くような思いと闘い、彼を暖かい砂の中に、しびれたようにさせておくのは、一体、何だったろう？

三つの亜麻色の頭——親しげな、青みがかった灰色の眼をした、美しい一つの顔、自分の手を握りしめた、きゃしゃな手、早口に自分の名を口にする声——「それじゃ、あなたは、善人になることは、いいことだとお信じになるのですね？」そうだ、そして、石竹《せきちく》や、矢車草や、薔薇《ばら》があり、ラヴェンダーやライラックの香りが匂う、どこかの、塀をめぐらしたイギリスの古い庭園にも似た——冷ややかで、美しく、誰の手にも触れられたことのない、神聖とも言える——一種の雰囲気、それは、彼が感ずるように育《はぐく》まれてきた雰囲気であり、すべて清潔で善良なものだった。

それから、彼は突然、「彼女は、海岸通りをまたやって来て、おれを見るかも知れない！」と、思った。彼は立ちあがって、海岸のずっと端の方にある岩の方へ歩いて行った。そこで、しぶきを顔にうけながら、もっと冷静に考えることができた。

農場に帰り、辺り一面、荒れ果ててはいるが、おあつらえむきの、森の中の岩の間で、ミーガンを愛して行くこと——それは、全く不可能だということを、彼は知っていた。完全に大自然のものである彼女を、大都会に連れて行って、どこかの小さなアパートや部屋におくということは——彼のうちにある詩情に動かされて、彼はそれをためらった。

彼の情熱は、ただ感覚的な歓《よろこ》びにすぎず、やがては消えてしまうだろう。そして、ロンドンでは、彼女が実に単純で、知性に欠けているということで、彼女を自分のかくれた慰みものにしてしまうだろう――それだけのものだ。潮がひきかけている緑色がかった水溜《みずたま》りに、足をぶらぶらさせて、岩の上に長く腰をおろしていると、彼には、こういうことが、ますますはっきりと分って来た。

しかし、それは、ちょうど、彼女の両腕や彼女のあらゆるものが、少しずつ、だんだん彼のもとから水溜りへすべり落ちて、遠く海へ持って行かれるような思いだった。そして、見上げた彼女の顔、哀願するような眼をした、放心した顔と、濡《ぬ》れた黒髪の毛とが――彼にとりつき、悩まし、苦しめるのだった!

彼はようやく立ち上り、低い岩のがけをよじ登って、人目につかない入江に下りて行った。多分、海に入れば、自制心を取り戻せるだろう――この熱もさませるだろう! 彼は着物を脱ぎすてて、泳ぎ出した。

彼は、へとへとに疲れて、どうでもいい気持になりたかったので、向う見ずに、どんどん遠くまで泳いで行った。と、急に、何の理由《わけ》もなく、こわくなった。もしかして、二度と岸に着けなかったら――万一、潮の流れが自分を押し流したら――或は、ハリディのように、こむらがえりが起ったら！　彼は、岸に帰ろうと、向きをかえて泳いだ。

あの赤い岩は、ずっと遠くに見えた。もし自分が溺《おぼ》れたら、誰かが自分の着物を見つけてくれるだろう。ハリディ一家にはわかるだろう。しかし、ミーガンは、恐らく、全然知るまい——農場では新聞をとっていなかったから。

すると、フィル・ハリディの言葉が、また、思い浮んで来た。「僕がどうかしたかも知れないケンブリッジの女の子——気にかけていなくってよかった！」その瞬間、彼はわけのわからぬ恐怖を感じ、もう彼女のことは気にかけるまいと誓った。するとと、彼を襲った恐怖は去って行った。彼は、らくに岸に泳ぎつき、身体を陽に乾して、着物を着た。心は苦しかったが、もうずきはしなかった。身体は冷めたく、さっぱりしていた。

アシャーストのように、若い者にとっては、憐れみの気持は激しい感情ではないのだ。それで、ハリディ家の居間に戻り、がつがつ昼食をとると、熱病から回復した人のような気がした。すべてのものが新しく、はっきり見え、お茶も、バタ付きのトーストも、またジャムも、途方もなくおいしく、煙草がこれ程いい匂いのしたことはなかった。

そして、誰もいない部屋を歩き廻《まわ》りながら、そこここで立ちどまって、触ってみたり、眺めたりした。彼は、ステラの裁縫箱を取りあげ、木綿糸の糸巻や、派手な色の組んだ、お針用の絹糸などをいじってみたり、それらの間に彼女が入れておいた、香りのいい「くるまば草」のつまった小袋を嗅《か》いでみたりした。

ピアノの前に腰をおろして、一本の指で、いろんな調べを弾きながら、「今夜も彼女は弾くだろう。弾いている間中は、彼女を見ていよう。彼女を見ているのは、身のためになるんだ」と、考えた。彼は、ステラが、彼のそばに置いたままにしておいた本を取りあげて、読もうとした。

しかし、ミーガンの小さな、悲しみに沈んだ姿が、すぐに浮んで来たので、彼は立ち上り、窓によりかかって、新月園の庭で鳴くつぐみの声に耳をかたむけ、木立の下で、夢見ているような青い海を眺めた。召使いが入って来て、お茶のあとかたづけをして行った。それでも彼は、立ったまま、夕暮の空気を吸いこんで、ものを考えまいとしていた。

やがて、ステラがフィルとバスケットを提げた子供たちより、ちょっと先に立って、ハリディ一家の者たちが、新月園の門を入って来るのが見えた。彼はとっさに身をひいた。彼は、いたく心をとり乱し、彼等に会うのを恐れたが、また、その親しみのこもった慰めをも求めていた——こんなに影響を受けることは不快だったが、それでもなおその冷ややかな無邪気さと、ステラの顔を見る歓びとを、心から求めていた。ピアノの後ろの壁にもたれた。

彼の位置から、彼女が這入《はい》って来て、がっかりしたように、ぼんやり立っているのが見えた。それから、彼女は、彼を見つけて微笑んだ。アシャーストの心は、そのすばやい、明るい微笑で温められたが、まだ、いらだたしさをも感じた。

「フランク、後からおいでになりませんでしたのね」

「ええ、だめだと思ったので」

「ほら！　私たち、こんなきれいな遅咲きの菫《すみれ》をつんできましたのよ！」彼女は花束をさし出した。アシャーストが花束に鼻を押しあてると、仄《ほの》かなあこがれが、彼の体内で動き出した。しかし、通り過ぎる人々を見あげた、ミーガンの、あの心配そうな顔が浮んで来たので、それも、忽《たちま》ち冷めてしまった。

「なんて、すばらしい！」と、彼は素気なく言って、顔をそらした。彼は自分の部屋に上って行き、階段を上って来る子供たちを避けて、ベッドの上に身を投げ出し、顔の上に両腕を組み合わせて寝た。いよいよ心をきめ、ミーガンを諦《あきら》めたと思うと、今度は自分自身が憎くなり、はては、ハリディ一家の者と、また彼等の健康で幸福そうな、イギリスの家庭の雰囲気をも、憎みたくなってきた。

一体、なぜ彼等はこの辺に来合わせて、初恋を追いはらい――自分が、ありふれた女たらしにすぎなくなりかけていると、思わせるのだろうか？　あの金髪の内気な美しいステラに、一体どんな権利があって、自分にミーガンとは結婚しないと、はっきり思わせ、何もかも色褪《あ》せたものにして、このような後悔にみちた、せつない苦しみや、憐愍《れんびん》の情を自分にもたらしたのだろう？

今頃、ミーガンは、あのようにみじめに探し歩いていたので、へとへとに疲れ果て、家に戻っていることだろう――可哀そうに！――たぶん家に戻れば、彼が待っているんじゃないかと思っていたろうに。アシャーストは袖《そで》を噛《か》んで、悔いにみちた、せつないうめき声を抑えようとした。

彼は、むっつりと口もきかずに夕食の席についたので、彼のその気分が、子供たちにまで、暗い気持を投げかけた。みんなは疲れていたので、その夜は、憂鬱《ゆううつ》で、機嫌が悪かった。幾度か、ステラが、心を痛めているような、当惑したような表情で、自分を見つめているのを見て、それが、彼のよこしまな気分を喜ばせた。その夜、彼はみじめな気持で眠った。

翌《あ》くる朝、とても早く起きて、彼は、ぶらぶら外へ出てみた。浜辺に下りて行った。

静かな、青い、太陽に輝く海に、ただ一人向っていると、彼の気持も、幾分ほぐれてきた。うぬぼれた馬鹿者め――ミーガンが、そんなに真剣に思うなどと考えて！　一、二週間も経てば、彼女はほとんど忘れてしまうだろう！　そして、おれは――そうだ、おれは、廉潔という報いを受けるだろう！　善良な青年！　もしステラが知ったら、彼女が信じている悪魔に打ち勝ったと言って、祝福してくれるだろう！　そう思って、彼は硬い笑い声をたてた。

だが、海と空の平和な美しさや、ひとり飛ぶ鷗《かもめ》たちを眺めていると、次第に彼は恥を感じて来た。彼はひと泳ぎして、家路に向った。

新月園の庭では、まぎれもないステラが、折りたたみ椅子に坐《すわ》って、スケッチをしていた。彼は、すぐ後ろまで、そっと足を忍ばせて、近寄って行った。一生けんめいに、身をかがめ、絵筆をさしあげては、はかったり、眉《まゆ》をしかめたりしている彼女の、何と美しく、可愛かったこと。

彼は、やさしく言った。

「ステラ、昨夜《ゆうべ》は悪いことして、ご免なさい」

彼女はふり向き、驚いて、真赤になり、いつもの早口で、

「いいのよ。何かおありになったんでしょう。お友達同士ですもの、そんなことかま

わないじゃありませんか？」

「お友達同士ね——で、僕たちは、そうなんでしょう？」と、アシャーストは答えた。

彼女は彼を見あげ、はげしくうなずいた。彼女の上歯が、例のすばやい明るい微笑の中で、また、きらりと輝いた。

それから三日後、彼はハリディ一家の人々と一緒に、ロンドンへ帰った。農場へは、何も言ってやらなかった。一体、何を言ってやることがあったろう？

翌年の四月の末日に、彼とステラとは、華燭《かしょく》の典をあげた……。


銀婚式の日、はりえにしだの茂みの間に、石垣によりかかって腰をおろしていると、アシャーストには、数々の思い出がよみがえって来た。彼が弁当をひろげた、ちょうどこの場所に、彼が初めてミーガンを見かけた時、彼女の姿は、空を背景に、くっきり浮きでていたに違いない。なんという奇妙な一致だったろう！

そして、下りて行って、農園や果樹園やジプシーのお化けの出る牧場を、もう一度見たいというせつなる気持が、胸のうちに起って来た。長くはかかるまい。ステラは、おそらく、まだ一時間もかかるだろう。

なんとまあ、あれもこれもよく覚えていたことだろう——小高い丘の上にある小さな松林も、その後ろにある急な坂になった草原の丘も！　彼は農園の門のところで立ち止った。低い石造りの家、水松《いちい》の玄関《ポーチ》、花の咲き匂うすぐり——すべてがそのまま昔の面影をとどめていた。古びた緑色の椅子までも、窓下の芝生に出してあった。そこは、あの夜、鍵《かぎ》をとろうと、彼女の方へ手をのばした窓だった。

それから、小道を曲って下りて行き、果樹園の門によりかかってたたずんだ——それは、あの時と同じように、灰色の骨組だけの門だった。黒い豚までが、あたりの木立の間をうろついていた。

本当に、二十六年の歳月が過ぎ去ったのだろうか？　それとも、夢をみていて、眼をさましてみると、ミーガンがあの大きなリンゴの木のそばで、自分を待っているというのだろうか？

思わず、白毛《しらが》交りのあご鬚《ひげ》に手をやって、彼は現実の姿に立ち帰ったのだった。門をあけて、彼はすかんぽや、いらくさの間を通り抜けて、果樹園のはずれまで行き、あのリンゴの木のところへ出た。

変っていない！　灰色がかった緑色の苔《こけ》が少しふえ、一、二本の枯枝がある他には、ミーガンが逃げて行った後、その苔むした幹を抱いて木の香りを吸いこみ、頭上に月明りに照らされた花が息づいて生きているように見えたのも、ほんの昨夜のことのように思われるのだった。

春はまだ浅いのに、もう蕾《つぼみ》が二つ三つ、ついていた。つぐみは歌をうたい、かっこうは呼び、日ざしは明るく、暖かかった。鱒《ます》の住む小川のせせらぎ、毎朝つかって脇腹や胸に水をかけた狭い澱《よど》み、向うの荒れ果てた牧場のぶなの茂み、ジプシーのお化けの坐ると思われた岩——すべてが、まさかと思われる程に昔のままだった。

そして、失われた青春に対する胸の痛みと、あこがれ、空しく失われた恋と甘美に対する思いが、アシャーストの咽喉《のど》をしめつけた。確かに、このような自然の美しさに溢《あふ》れるこの大地では、まるでこの大地と空のように、人間も歓《よろこ》びを胸に抱きしめるようになっているのだ！　だが、人間にはそれができないのだ！

アシャーストは小川のほとりに行って、小さな澱《よど》みを見下ろしながら、「青春と春！　それらは、一体、どうなったのだろう？」と考えるのだった。その時、急に、この思い出が、人に出会って、とり乱されるのではないかと心配になって、彼は小道に戻り、思いに沈みながら、今来た道を十字路の方へひき返した。

自動車のそばに、白毛《しらが》交りのあご髯をはやした、年老いた農民が一人、杖《つえ》にすがって、運転手に話しかけていた。彼は失礼なことでもしたと思ったのか、急に話をやめ、帽子に手をふれると、今にも片足をひきずりながら小道を下りて行こうとした。

アシャーストは細い緑色の墓を指さした。

「これは何だか教えてくれませんか？」

その老人は立ち止った。その顔に「旦那《だんな》、ちょうどいいところに来なすった」とでも考えているような色が見えた。

「これは墓でごぜえます」と彼は言った。

「しかし、どうしてこんなところにあるんですかね？」

老人はにっこり笑った。「そらあ、よく言う昔話ってやつでごぜえましてな。おらがこの話をするのも、初めてでねえでがすだ——このちっちゃな芝土のことをききなさる人ぁ、たんとあるでごぜえましてな。おらの辺じゃ、『娘の墓』と言っとりますだ」

アシャーストは煙草入れを差し出した。「一服いかがですか？」

老人はまたもや帽子に手をふれ、ゆっくり古ぼけた陶製のパイプにきざみ煙草をつめた。一面に皺《しわ》と毛だらけになった間から上眼使いに見ている眼は、まだきらきら輝いていた。

「旦那、ご無礼して坐らして貰《もれ》えますだ——今日はちょっこら足が痛みますでな」と言って、老人は芝土の塚の上に腰をおろした。

「この墓にゃ、いつも花がありますだ。それに、そう淋《さび》しいこったあねえですよ。えれえたくさんの人が、この頃新しい自動車なんかさ乗って、通って行きなさるでな――昔と違いますだ。あの娘《こ》にゃ、ここさいても、つれがありますだよ。可哀そうに、自殺しただだがね」

「なるほどね！　それで十字路に埋葬したんですね。そんな習慣がまだあるなんて知らなかったですよ」

「ほんとになあ！　だが、もうずっと昔のことでごぜえますだ。その頃にゃ、えれえ信心ぶけえ牧師さまがいなすったんでなあ。おらあ、次のミカエル祭[二八]で、六年、養老年金を貰うことになるだからあ、あれがあった時にゃあ、おらあ、ちょうど五十の年だっただかな。今生きとるもんで、おらぐれえ、このことを知っとるもなあ、ねえですよ。あの娘はこの近くのもんでしてな、おらが働《はたれ》えてたナラコーム奥さんとこの農園にいたでごぜえます――いまじゃ、その農園はニック・ナラコームのもんになってますだがね。おらあ、今でも時々、ちっとばかしお手《て》伝《つで》えしますだ」

門によりかかって、パイプに火をつけていたアシャーストは、マッチの火が消えてからもずっと、顔の前に両手を曲げたままにしていた。

「それで？」と言ったが、その声は、自分にも、しわがれて妙に聞えた。

「可哀そうに、あんな娘は百人に一人もねえですよ！　おらあ、ここんとこ通るたんびに花をそねえますだ。きれえな、ええ娘でごぜえましたがな。教会にも埋めてもれえず、あの娘が埋めてもれえたかったところにも埋めてもれえなかったですよ」年老いた農民は話を止めて、毛深い、ふしくれだった手を、ほたるぶくろのそばの芝土の上に平らにおいた。

「それで？」とアシャーストは言った。

「まあ、言ってみりゃあ」と老人は話をつづけた。「恋物語だと、おら、思いますだ——だが、誰もはっきりしたこたあ知らねえでごぜえます。娘っ子が何を考えているだか誰にもわかんねえですよ——だけんども、おらあ、そう考えていますだ」老人は芝土に沿って手をずらせた。「おらあ、あの娘《こ》が好きでしただ——あの娘《こ》が好きでねえもんは、一人も知らねえだよ。だけんど、あんまり、気立てのよすぎる娘だっただからな——おらあ、そのためだったと思いますだ」

老人は眼を上げた。アシャーストは、ひげの下に唇を震わせていたが、またもや、つぶやいた。

「それで？」

「春のことでしただ。今頃だっただか、もちっとあとだっただか――花ん時でしただよ――若《わけ》え大学出の旦那《だんな》が農場さ泊っていなすっただよ――ええ男で、えらそうにしてただ。おらあ、あの人がえれえ好きだっただ。二人の間に、何があったか知《し》んねえけど、おらの思うんじゃ、あの娘《こ》の心を変《け》えてしもうただよ」老人はパイプを口から離して、唾《つば》をはき、また話をつづけた。

「それがよ、その人さ、ある日ひょっこり、いなくなってしもうてな、帰《け》えってきなさらなかっただ。リュックサックやこまごましたもんは、今でも、あすこにありますだよ。それがおらの頭にこびりついて忘れられねえでがす――それを、まだ、とりにも来ねえでごぜえます。その人の名前《なめえ》はアシェズとか、何とか、ちゅうただが」

「それで？」とアシャーストはもう一度言った。

老人は唇をなめた。

「あの娘《こ》は何《なん》も言わなかったでごぜえますが、その日から、なんちゅうだか、ぼーっとしちまったみてえで、てんでいつもとは違ってしまいましただ。あんなに変ってしもうた人間てえもんを、おらあ、まだ見たこたあねえでがす――一度だって。農場に若《わけ》え男がも一人いましただ――ジョー・ビダフォードちゅう名前《なめえ》でしただ。そいつが、また、あの娘にすっかりほれっちまってな。いつもあの娘にうるさくつきまとってたように思いますだ。あの娘はほんとに気が違ったみてえになりましただ。夕方、おらあ、牛をひっぱって帰《け》える時なんぞ、よくあの娘を見ましただ。あの娘はよく果樹園の中の大《でっ》けいリンゴの木の下さ立って、まっすぐ前の方を見とりましただよ。『ほんに！　どうしたんだか知《し》んねえけんど、おめえ、ほんとに悲しそうな顔してるだな』と、おらあ、よく考《かんげ》えましただ」

老人はパイプに火をつけ直して、考え深げに吸った。

「それで？」とアシャーストは言った。

「ある日のこと、おらが、あの娘《こ》に『ミーガン、どうしただよ？』と言ったの覚えてますだ——あの娘の名前はミーガン・ディヴィッドといってな、あの娘の叔母《おば》にあたるナラコーム老奥さんとおんなじウェールズ生れでしただ。『おめえ、何かくよくよしてるだな』と言いましただ。『いいえ、ジム爺《じい》や、くよくよなんかしてないわ』と言いますだ。『いや、してるだよ！』とおらあ、言っただ。『いいえ』と答《こて》えますだ。するとな、涙が二っ粒《つぶ》、ぽろぽろ出てきたでがす。『おめえ、泣いてるだな——そんなら、どうしたことだ？』と言いましただよ。娘は手を胸んとこさおいて、『ここが痛いの』と言いますだ。『でも、すぐよくなるでしょう』て言いますだ。『でも、もし私になんかあったらね、ジム爺や、ここの、このリンゴの木の下に埋めて欲しいの』

おらあ、笑いましただ。『おめえに何かあるっていうんだね？　馬鹿なこと、言うじゃねえよ』って言いましただ。『ええ、馬鹿なことなんか言わないわ』って言いますだ。おらあ、娘ってえもんがどんなもんか知っとるでな、そのこたあ、それっきり考《かんげ》えもしなかったでがす。ところが、それから二日たって、夕方の六時っ頃、おらが牛を連れてやって来るとな、あの大《で》けいリンゴの木のそばの小川ん中に何か黒《くれ》えもんが見えましただ。おらあ、『ありゃあ、豚だかな——豚が行くにしちゃ、おかしなとこだ！』ってひとりごとを言いましただ。そして、そこんとこさ行ってみて、それがなんだかわかったでがす」

老人は口をつぐんだ。上眼使いの眼は、きらきらと、苦痛の色をみせていた。

「そらあ、あの娘でごぜえましただ。岩でせき止めて作った、あすこのちっちゃな、狭《せめ》え澱《よど》みの中にな——そこんとこで、若《わけ》え旦那《だんな》が一、二度水浴びてんの、見たことがありますだ。あの娘は水ん中にうつ伏せになっていましただ。あの娘の頭のすぐ上んとこの石から、きんぽうげが一本生えてましただよ。おらが行って、あの娘の顔を見ただが、そりゃあ、かわえくて、きれいで、赤ん坊みてえにおとなしかったでがす——それはそれはすばらしくきれいでごぜえました。お医者さまが見て、『精神錯乱でなけりゃ、あれっぽっちの水ん中で死ねるわけがねえだ』って言いましただよ。ほんに！　あの娘の顔から考《かんげ》えると、全くそのとおりのようでごぜえました。おらあ、ほんに泣かされましただよ――そりゃあ、きれいだった！　そん時は六月だったんだけんど、あの娘はどっかに残ってたリンゴの花をちっとばかし見つけてきて、髪にさしてましただ。そんで、おらあ、あの娘《こ》が精神錯乱になってたに違《ちげ》えねえと思いますだ。あんなに楽しそうに死ねるなんてえのは。ほんに！　水ぁ、一フィート半もなかっただからな。けんど、一つ言わなきゃなんねえだが――あの牧場にお化けが出ますだよ。おらあ、知っていましただ。あの娘もそれを知ってましただ。そんなこたあねえって誰が言っても、おらあ、信じていますだ。あの娘がリンゴの木の下に埋めてって言ったのを、みんなに話しましただよ。けんど、そのために、みんなの心が変ったと、おらあ、思うでがす――あの娘がわざと考《かんげ》えてやったみてえになってしまっただ。そんで、ここさ埋めましただよ。あの頃いなすった牧師さまは、えれえやかましい人だったもんでなあ」

再び老人は芝土に沿って手をずらした。

「不思議でごぜえますなあ。娘っ子が恋のために何をするかってえこたあ。あの娘《こ》は情深《なさけぶけ》え心をもっていましただが、それが破れっちまったと、おらあ、思いますだ。けんど、おらたちにゃあ、なんも知んねえでがす！」

老人は、自分の話を認めてもらいたいような様子で、眼をあげた。だが、アシャーストは、まるで老人がそこにいないかのように、通りすぎて行ってしまった。

弁当をひろげておいたところを通って、丘の頂に上り、向う側の人目につかぬところで、彼はうつ伏せになって寝ころんだ。このようにして、彼の節操は報いられ、恋の女神シィプリアンに復讐《ふくしゅう》されてしまったのだ！

涙にかすむ眼の前に、濡《ぬ》れた黒髪にリンゴの花の小枝をさしたミーガンの顔が浮んできた。「どんな間違ったことをしたというのだ？」と彼は考えた。「一体、何をしたというのだ？」だが、彼には答えられなかった。

ほとばしる情熱と花と歌の春――彼とミーガンの胸のうちにあった春！　それは正しく犠牲《いけにえ》を求めている愛の神だったのだ！　それならば、ギリシャ人は正しかった――あの「ヒポリタス」の言葉は今でも真実なのだ！

愛の神の心は狂い、
その翼は金色に輝く。
すべてのものは、愛の神のおどる時、
その魔力に屈する。

山に、海に、流れに、
自然のままなる若き生命《いのち》、
大地より萌《も》え出《い》でしもの、
赤き陽に息づけるもの、みな、
然り、而《しこう》して人類も。すべてのものの上に　冠たる王座は、
シィプリアン、シィプリアン、御身ひとりのものぞ[二九]！

ギリシャ人は正しかった！　ミーガン！　この丘を越えて来た可哀そうなミーガン！　リンゴの老木の下に待ちわびて見ているミーガン！　美を自らの上に印して、この世を去ったミーガン！……

「まあ、ここにいらっしゃったの！　見てちょうだい」

という声がした。

アシャーストは起き上って、妻のスケッチをとり、黙ったまま、それをじっと見つめた。

「ね、あなた、前景の方、それでいいかしら？」

「うん」

「でも、何か物たらないんじゃない？」

アシャーストはうなずいた。物たらないって？

黄金のリンゴの木、歌うたう乙女たち、金色に映えるリンゴの実！

そして、あらたまって、彼は妻の額に口づけをした。彼の銀婚式の日のことだった。

——一九一六年——

訳註

一 **『黄金のリンゴの木、歌うたう乙女たち、金色に映えるリンゴの実』** ユーリピディーズの「ヒポリタス」というギリシャ悲劇の第二スタスィモンの中の句を、マレーが意訳したもの。これは幸福の国を表現したもので、ここではリンゴの木が幸福のシンボルになっている。

二 **マレー** （一八六六―一九五七） イギリスの古典学者。最も権威のあるギリシャ劇の多くの校本及び飜訳《ほんやく》を出版した。

三 **ユーリピディーズ** （四八〇?―四〇六? B.C.） ギリシャの悲劇作者。「ヒポリタス」は「メディア」、「ヘラクレス」などと共に彼の最大の傑作の一つである。

四 **トーキィ** イギリス南西部デヴォンシャーの都市、海水浴場、避暑地。

五 **シラー** （一七五九―一八〇五） ドイツの詩人、劇作家、哲学者。「群盗」（一七八一）、「ヴァレンシュタイン」（一七九九）、「オルレアンの少女」（一八〇一）、「ヴィルヘルム・テル」（一八〇四）などの作品がある。
六　**シィプリアン**　恋愛と美の女神アフロダイティ（ヴィーナス）をいう。
七　**ブレント**　デヴォンシャーのブレント河沿いの地域。
八　**チャグフォード**　デヴォンシャーの町。
九　**ウェールズ**　イギリス西南部の地域。
一〇　**ケルト**　ヨーロッパ先住民族で、アイルランド、ウェールズ、スコットランドなどに多い。空想的情熱的な性質をもっている。
一一　**セオクリタス**　紀元前三世紀頃のギリシャの田園詩人。
一二　**チャーウェル河**　オックスフォード近くでテムズ河にそそぐ河。
一三　**ケルト民族精神復活運動**　イギリス的影響を離れ、ケルトの伝統に根ざしたケルト民族文学を再建しようとする運動。
一四　**サクソン**　昔エルベ河口に居住した民族で、四世紀後半から五世紀頃イギリスに渡来して定住した。
一五　**五月祭**《メーデー》　古来五月一日に行う春の祭、花輪の冠をかぶらせて五月姫を仕立て、五月柱の周囲を踊り、その他種々の遊戯や競技を催して春の一日を楽しむ。
一六　**アッシリヤ**　南西アジヤにあった古代王国。

一七　『槲《かし》がとねりこより前に葉を出しゃ……』　槲がとねりこよりも早く葉を出すと豊作で、その反対だと夏は寒冷で、農作がよくないというイギリスのことわざ。

一八　ヘスペリデスの花園　ギリシャ神話のヘスペリデスという四人の姉妹に守られた黄金のリンゴの花園。そこにはゼウスの妻ヘラが結婚の祝にもらった黄金のリンゴが植えてあった。

一九　オディセイ　古代ギリシャの大詩人ホーマーの作と言われる大史詩。

二〇　ラグビー　イギリスの有名なパブリック・スクールの一つ。

二一　カプア　古代イタリヤの南西部にあった豪華さで有名な都市。

二二　ダイアナ　ローマ神話の月の女神。狩を好んだ。

二三　ベリー・ヘッド　デヴォンシャーの海岸地名。

二四　ブリクサム　デヴォンシャーの港町で、トーキィの対岸にある。

二五　ファーラー　（一八三一—一九〇三）イギリスの神学者。「キリスト伝」（一八七四）を上梓《じょうし》した。

二六　トットネス　デヴォンシャーの町。

二七　ベリー・ポメロイ城　トットネスの山の上にある古い城。

二八　ミカエル祭　九月二十九日がその祭の日で、イギリスでは四季祝祭日の一つで、当日はがちょうを食べる習慣がある。

三九 **「愛の神の心は狂い……御身ひとりのものぞ！」** ユーリピディーズの「ヒポリタス」の第四エペィソディオンの中の句をマレーが意訳したもの。

解説

二十世紀のイギリス小説家中、最もすぐれた、一種の写実主義作家であるジョン・ゴールズワージー（John Galsworthy）は、一八六七年八月十四日、サリー州のクームに生れた。

彼の父はデヴォン州の旧家の出で弁護士だった。彼はハローから、イギリス人のあこがれの的であるオックスフォード大学に進んで法律学を専攻し、卒業後、一八九〇年父と同じ弁護士の登録を受けた。

法律に興味をもたない彼は世界漫遊に出かけ、一八九一年から九三年までの間に、アメリカ、アフリカ、オーストラリヤ、南洋、ロシヤなどを廻《まわ》り、この旅行中、オーストラリヤから南阿《なんあ》に向う船中で、ちょうど、この船の高級船員だったジョーゼフ・コンラッド（一八五七―一九二四）に知り合い、これがイギリス文壇へ乗り出す機縁となった。

一八九五年頃から、小説を書き始め、ジョン・シンジョンという匿名で、一八九七年に処女作「四方から」という短篇集を上梓《じょうし》した。その翌年、「ジョスリン」という長篇小説を、一九〇〇年には、「ヴィラ・ルバイン」という中篇を発表し、いよいよ筆も円熟の域に達した。

本名を用いるようになってから二度目の長篇、「物慾の人」が一九〇六年に上梓されるや、ゴールズワージーは一躍一流の地盤を確保すると共に、彼の最初の戯曲、「銀の箱」の発表によって、彼は劇壇の注目の的となるに至った。

「物慾の人」は、高貴な人間性に盲目的な近代の資本家を諷刺《ふうし》したもので、後に「裁判沙汰」(一九二〇)、「貸家」(一九二一)と一緒にまとめられ、三部作「フォーサイト家の物語」の初めを飾ることになった。更に、「白猿」(一九二四)、「銀の匙」(一九二六)、「白鳥の歌」(一九二八)の三部から成る続篇「現代喜劇」(一九二九)を書き上げ、それに二挿話を加えて「フォーサイト家年代記」(一九三〇)を完成するに至った。

この作品は、十九世紀から二十世紀にかけてのイギリスのブルジョアジーに鋭い批判をなしたものであり、ゴールズワージーの意図するところは、ヴィクトリアニイズムの唯物主義と形式主義との批判、人間の自由精神の高揚にあった。

法的制裁の差別を克明に取り上げた「銀の箱」(一九〇六)を上梓して、劇壇に船出したゴールズワージーは、第一次世界大戦の前後にわたって、現代イギリス劇文学の確固たる地歩を占めると同時に、社会問題を取り扱う作家として異彩を放った。「ジョイ」(一九〇七)、「争闘」(一九〇九)、「裁判」(一九一〇)、「小さな夢」(一九一一)、「鳩」(一九一二)、「逃亡者」(一九一三)、「暴徒」(一九一四)などを次々に発表し、一九一九年には、アメリカの招待で講演旅行をしたり、ペンクラブの会長となって活躍したりした。

一九二九年には、有功勲爵を授けられ、一九三二年には、ノーベル賞を受けた。なおも彼は執筆をつづけたが、一九三三年、悪性感冒のために貧血症を起して、一月三十一日、この世を去った。六十五歳だった。

小説には、大小百余の数に上る短篇があるほかに、「侍女」(一九三一)、「花咲く荒野」(一九三二)、「河越えて」(一九三三)などがあり、文芸論集には、「静寂の宿」(一九一二)の他に、二、三ある。

ゴールズワージーは、社会問題に対して、強い関心を示す一方、美に対しても、実に鋭敏な感覚をもっていた。彼の作品の根底をなしているものは、人道主義的社会意識と抒情的美意識であることは明らかなことである。彼は、人道主義の立場から、社会的な不正に対する憤りと、階級的な障壁に対する悩みを鮮明に描写することによって、現代生活の忠実な解剖を試みたのである。

一方、自然や恋愛の中に美を求める時、彼はまさしく、抒情詩人であり、静寂な、優雅な自然の美を、清純な恋を、美しい巧みな筆致で描写し、読者を魅了せずにはおかないのである。この人道主義的社会意識に抒情豊かな美意識が加わって、彼独特の異色あるものを作り上げている。

さて、ここに取り上げた「リンゴの木」は、「隊商《キャラヴァン》」（一九二五）という短篇集に収められたもので、「黒い花」（一九一三）と共に、ゴールズワージーの描いた最も美しい恋物語の一つである。彼は、デヴォン特有な荒涼たる荒野《ムア》の自然の美を抒情的な筆致で詩化し、その上に芽生えた青春の恋を、この背景の色と巧みに調和させている。

昼はかっこうが呼び招き、夜はふくろうが鳴くというデヴォンの荒野《ムア》にくりひろげられる青春の恋物語――月の皎々《こうこう》と冴《さ》え渡る夜、花咲き匂うリンゴの木蔭《こかげ》に抱き合って、口づけした青年アシャーストと清純可憐《かれん》な田舎娘ミーガン。

彼は彼女をロンドンに連れて帰ろうと約束して、近くのトーキィの町にミーガンの晴着を買いに出かけると、偶然、友達に出会う。友達のところに招かれて、その友の妹たちと仲よくなり、ずるずる居坐《いすわ》ってしまう。ふとしたことで、一番上の妹、ステラに心をひかれるようになる。

ある日のこと、彼を待ちわびていたミーガンが町へ出てきて、道行く人の顔を見ながら歩いて行く哀れな姿が、アシャーストの眼に映る。彼は二人の女に思い悩みながらも、ミーガンとの初恋を葬ってしまう。
これは、彼の胸のうちにあった階級意識に外ならなかった。ミーガンに対する恋心は、春の一時の気まぐれと知った彼は、間もなく、同じ階級の、教養のある、美しいステラと結婚する。
それから、二十五年の歳月が流れ、二人の銀婚式の日、図らずも、彼の眼にとまったものは、二十五年前、彼に見棄てられて、リンゴの木蔭の小川に入水《じゅすい》自殺した哀れなミーガンの墓だった。

本訳書刊行にさいしては、東京教育大学福田陸太郎助教授に並々ならぬ御配慮を戴いた。また、冒頭並に最後の引用句については、特に古典文学専攻の慶応義塾大学樋口勝彦教授に御骨折を戴き、訳稿の推敲《すいこう》にあたっては、妻、冨美子の協力を得た。これらの人々に心から感謝を捧《ささ》げたい。

一九五五年十二月

訳者

新解説

佐藤　優（作家・起訴休職外務事務官）

私はこの小説と2回出会った。

1回目は、1979年、同志社大学神学部1回生のときのことだ。一般教養の英書講読で指定されたのが本書だった。ウェールズ方言で書かれた英語の部分や、草花の名前、さらに古典学者ギルバート・マレーが意訳したソフォクレスの『オイディプス王』の難解な文章がでてくるので、読解に苦労した。三浦新市氏が訳した本書と、渡辺万里氏訳（新潮文庫版）を比較しながら、苦労して訳文をつくった。担当教授は、「ゴールズワージーの文体は、オックスフォード出身者の上品な英語なので、本書で読解の訓練をしておくと、神学書を読む上で役に立つ」と言っていたが、確かにそうだった。

2回目は、外務省に入って、英国陸軍語学学校でロシア語を勉強したときのことだ。

この学校は、ロンドン郊外のバッキンガムシャー州ベーコンズフィールドにあった。少し郊外にいくと、草原と森が広がっている。妖精《ようせい》が住んでいるような世界なのだ。

そのとき、学生時代に読んだ本書の記憶がよみがえってきた。

〈こんな場所には、きっと、牧羊神《フォーン》や森の精《ドライアッド》が住んでいるだろう。山リンゴの花のように白い山水の精《ニンフ》もあの木々の中に隠れているだろう。枯れわらびのように茶色で、耳のとがった牧羊神が山水の精《ニンフ》を待伏せしているだろう。彼が気づいた時、かっこうの歌声はまだ止まず、流れる水音も聞えていた。だが、陽はもう岩山の蔭《かげ》に沈み、丘の斜面は冷えびえとなり、野兎が数匹出てきてたわむれていた。〉（本書63頁）

この小説は、恋愛物語を軸に進められている。大学（大学の名前は明示されていないが、イギリス人の読者ならば誰もがオックスフォード大学であると考える）を卒業した後の徒歩旅行で立ち寄ったイギリス南西部デボンシャー州の農家で、主人公アシャーストは、ウェールズ系のメガンと恋に落ちる。

イギリス人と付き合って驚いたことは、イギリス内部では、イングランド人とスコットランド人、ウェールズ人の自己意識にそうとうの差異があることだ。ウェールズ人はケルト系で、イングランド人からすると「外部」なのである。

この小説は、イギリス人エリートの「外部」つまり他民族であり、かつ、非エリートである一般人に対する内在的論理を知るのに最適のテキストである。

恋愛が冷めていく過程を描いているが、アシャーストの思考は実に身勝手で、残酷だ。アシャーストは、メガンとの結婚を約束して農場を去る。そのときこんなやりとりをする。

〈「一緒にロンドンへ行って、君に世間を見せてあげよう。僕はきっと君を大事にするよ。ミーガン、決して、君にひどいことなんかしないから！」

「おそばにいられたら、それでいいんですの」

アシャーストは、ミーガンの髪をなでながら、ささやきつづけた。

「明日、僕、トーキィに行って、お金を少し手に入れて、人目《ひとめ》をひかないような服を買ってあげる。それから、二人でそっと抜け出そう。ロンドンに行ってから、僕を本当に愛してくれてるんだったら、すぐ結婚しようよ」

アシャーストは、ミーガンが頭をふると、髪がふるえるのを感じた。

「まあ、いいえ！　結婚なんてできませんわ。私、ただ、おそばにいたいだけなんですの！」

ただ、ひたすらにミーガンに情熱を傾けて、アシャーストは、なおもささやきつづけた。

「僕の方が君にふさわしくないんだよ。ああ！　ミーガン、いつから僕が好きになったんだい？」

「道でお会いして、私をごらんになった時からなんですの。あの最初の晩、あなたが好きになりましたわ。でも、私を愛して下さるなんて思いませんでした」

ミーガンは、急に跪《ひざまず》いて、アシャーストの足にキスしようとした。

アシャーストは、恐れおののいて、全身にぞっと身震いを感じた。彼はミーガンの体をもち上げて、しっかりと抱き締めた——当惑のあまり口もきけなかった。

彼女はささやいた。「どうして、そうさせて下さらないの？」

「いや、僕の方が君の足にキスしたいんだ！」

ミーガンの微笑《ほほえみ》を見て、彼は眼に涙を浮べた。彼の顔に近く寄りそったミーガンの頰は、月光を浴びて白く映え、開いた唇はうす紅に見えて、さながら、リンゴの花の、この世のものとは思えぬ、生き生きとした美しさだった。〉（本書71―72頁）

しかし、カネをとりに行ったトーキィで、大学の友人と偶然出会う。そこで新たに将来夫人となるステラと恋に落ちるのであるが、探しにトーキィにやってきたメガンのみすぼらしい姿を見て、「こんな女と結婚してはならない」とアシャーストの上流階級意識が刺激されるのである。

〈ミーガン——まぎれもないミーガン！——が、あの古びたスカートとジャケツを着、大黒帽子《タモシャンター》をかぶって、行きすぎる人々の顔をのぞくようにしながら、向うの歩道を歩いているではないか。本能的に、彼は片手をあげて顔を隠し、それから、眼に塵《ごみ》が入ったのを取るようなふりをした。だが、指の間から、まだ彼女の姿が見えた。田舎でのあの自由な足どりではなく、ためらいながら、とまどいし、あわれな様子で歩いている姿——ちょうど、主人を見失った小犬が、走って行ったらよいか、戻って行ったらよいか——どちらに行ったらよいか分らないといった様子でいるような姿を。彼女は、一体、どうしてこんな所までやって来たのだろう？——どんな言訳をして出て来たのだろう？——一体、彼女は何を望んでいるのだろう？〉（本書108—109頁）

そして、アシャーストは次のような冷酷な結論を導き出す。

〈農場に帰り、辺り一面、荒れ果ててはいるが、おあつらえむきの、森の中の岩の間で、ミーガンを愛して行くこと——それは、全く不可能だということを、彼は知っていた。完全に大自然のものである彼女を、大都会に連れて行って、どこかの小さなアパートや部屋におくということは——彼のうちにある詩情に動かされて、彼はそれをためらった。

彼の情熱は、ただ感覚的な歓《よろこ》びにすぎず、やがては消えてしまうだろう。そして、ロンドンでは、彼女が実に単純で、知性に欠けているということで、彼女を自分のかくれた慰みものにしてしまうだろう――それだけのものだ。〉（本書113―114頁）要するに、「なかったこと」にして逃げ、この恋愛については忘れてしまうことにした。そして、同じ上流階級出身の女性と結婚する。結婚25周年の銀婚式に、48歳になったアシャーストと43歳のステラは、二人がはじめて出会ったトーキィを訪れる。アシャーストは社会的に成功し、家庭生活も円満だ。しかし、何か物足りない。ギリシア古典悲劇を読みながら、人間は社会に適応できないのだと物思いにふける。〈生活にしっくりしていないものだ――人間の組織というものは！　人間の生活様式がどんなに高潔で実直であっても、その底には、貪欲《どんよく》と憧憬《しょうけい》と浪費感が常に流れている。女もまたそうだろうか？　いや誰にもわかりゃしないのだ。

しかも、男たちは、新奇なものに対する欲望にかられ、新しい冒険や、新しい危険や、新しい快楽に対する奔放な欲望を満足させるのだが、彼等は、必らず、飢餓とは相容《あいい》れない飽満のために苦しむのだ。

どうしてもこれから逃れることはできないのだ――うまくできてない動物なんだ、文明人という奴は！　あの美しいギリシャ人のコーラスに歌われた、『黄金のリンゴの木、歌うたう乙女達、金色に映えるリンゴの実』のような、文明人の好《す》く楽園はあり得ないのだ。

美的感覚をもった人間には、この世に到達できる理想郷も、永遠の幸福の港もあり得ないのだ——芸術品の中にとらえられて、永遠に記録され、見るか読むかすれば、常に同じ高貴な法悦感と安らかな陶酔とを与えてくれる美しさに及ぶものはあり得ないのだ。

確かに、人生にも、そのような美の要素をもった、自《おのずか》ら迸《ほとばし》り出る、はかない歓喜の瞬間があるだろう。しかし、困ったことに、その瞬間は、一片の雲が太陽の上を通りすぎる程の束の間しかつづかないのだ。

芸術が美をとらえて、永遠のものとするように、その瞬間をとどめておくことはできないのだ。その瞬間は、自然の中にあって明滅する金色《こんじき》の霊魂の幻か、遠く思いを馳《は》せて瞑想《めいそう》にふける精霊のきらめきのように、はかなく消えて行くのだ。〉（本書6—7頁）

このときに自分が傷つけたメガンのことは、記憶の片隅にもない。たいくつな人生によって自らが苦しめられているとアシャーストは認識しているのだ。ここでギリシア古典悲劇「ヒポリタス」の悲劇が繰り返される。アシャーストは、十字路でみつけた自殺者の墓が、メガンのもので、原因は自分の不誠実な行為であったことを知る。

しかし、自らの責任については自覚しない。すべては運命のいたずらと考える。〈ギリシャ人は正しかった！　ミーガン！　この丘を越えて来た可哀そうなミーガン！　リンゴの老木の下に待ちわびて見ているミーガン！　美を自らの上に印して、この世を去ったミーガン！……〉（本書131頁）

冗談ではない。アシャーストがメガンを可哀相《かわいそう》な状態に追い込んだのだ。しかし、そのような自覚はアシャーストには小指の先程もない。この認識から私たちは学ぶべきことが多いのである。

アメリカ人とヨーロッパ人は、本質的に異なる人々である。アシャーストのメガンに対する視座は、ヨーロッパ人エリートの中東、アフリカ、そしてわれわれが住むアジアに対する視座と共通しているのだ。

アメリカのサブプライム破綻《はたん》を契機とする経済危機、ロシア・グルジア戦争により、国際係争を武力によって解決する傾向がでてきたことなど、国際社会の構造が変化しつつある。そのような状況で、各国は帝国主義的傾向を強め、露骨に自国の利益を追求している。

ヨーロッパの人権や人道という感覚は、文化を共通にする範囲では尊重されるが、「外部」に対しては、同情の域を出ない。その同情がどういうものであるかを知るために最適のテキストが『リンゴの木』なのである。外交やインテリジェンス（情報）の仕事を長くしていると、どうも小説を素直に読めなくなってしまうのは悲しいが、ヨーロッパ人の内在的論理について学ぶための「実用書」として、本書は大きな価値をもつ。

２００８年10月10日

本書は、一九五六年三月に角川文庫より刊行された『林檎の木』を改題、加筆修正したものです。

本書の中には、「ジプシー」と呼ばれ差別を受けた移動型民族ロマに対する偏見をともなった表現があります。本書が発表された二十世紀初頭の社会では、現代のように人権に対する正しい認識がまだ深まっておらず、著者を含め当時多くの人々がこの状況下にありました。また著者が既に故人であること、作品自体の文学性・芸術性を考え合わせた上で、原文に沿った翻訳としました。

（編集部）

リンゴの木《き》

ゴールズワージー

三浦新市《みうらしんいち》＝訳

角川文庫 15436

昭和三十一年三月一日　初版発行
平成二十年十一月二十五日　改版初版発行

発行者—井上伸一郎
発行所—株式会社角川書店
東京都千代田区富士見二—十三—三
電話・編集　(〇三)三二三八—八五五五
〒一〇二—八〇七八
発売元—株式会社角川グループパブリッシング
東京都千代田区富士見二—十三—三
電話・営業　(〇三)三二三八—八五二一
〒一〇二—八一七七
http://www.kadokawa.co.jp
印刷所—旭印刷　製本所—BBC
装幀者—杉浦康平

Printed in Japan

コ 18-1　ISBN978-4-04-297801-5　C0197

角川文庫発刊に際して

角川源義

第二次世界大戦の敗北は、軍事力の敗北であった以上に、私たちの若い文化力の敗退であった。私たちの文化が戦争に対して如何に無力であり、単なるあだ花に過ぎなかったかを、私たちは身を以て体験し痛感した。西洋近代文化の摂取にとって、明治以後八十年の歳月は決して短かすぎたとは言えない。にもかかわらず、近代文化の伝統を確立し、自由な批判と柔軟な良識に富む文化層として自らを形成することに私たちは失敗して来た。そしてこれは、各層への文化の普及滲透を任務とする出版人の責任でもあった。

一九四五年以来、私たちは再び振出しに戻り、第一歩から踏み出すことを余儀なくされた。これは大きな不幸ではあるが、反面、これまでの混沌・未熟・歪曲の中にあった我が国の文化に秩序と確たる基礎を齎らすためには絶好の機会でもある。角川書店は、このような祖国の文化的危機にあたり、微力をも顧みず再建の礎石たるべき抱負と決意とをもって出発したが、ここに創立以来の念願を果すべく角川文庫を発刊する。これまで刊行されたあらゆる全集叢書文庫類の長所と短所とを検討し、古今東西の不朽の典籍を、良心的編集のもとに、廉価に、そして書架にふさわしい美本として、多くのひとびとに提供しようとする。しかし私たちは徒らに百科全書的な知識のジレッタントを作ることを目的とせず、あくまで祖国の文化に秩序と再建への道を示し、この文庫を角川書店の栄ある事業として、今後永久に継続発展せしめ、学芸と教養との殿堂として大成せんことを期したい。多くの読書子の愛情ある忠言と支持とによって、この希望と抱負とを完遂せしめられんことを願う。

一九四九年五月三日

角川文庫海外作品

十五少年漂流記
ヴェルヌ
石川　湧＝訳
「どんなに危険な状態におちいっても、秩序と熱心と勇気とをもってすれば、きりぬけられないことはない」少年達のための冒険物語の名作。

海底二万海里
ヴェルヌ
花輪莞爾＝訳
海上に出現した未知の巨大生物を探るため、科学を駆使した潜水艇ノーチラス号で冒険航海に出帆する、スリルと感動に満ちた海洋冒険小説の傑作。

八十日間世界一周
ヴェルヌ
江口　清＝訳
友人との賭けで八十日間で世界を一周することになったフォッグ氏が、あらゆる手段と乗物で旅をする、手に汗握る奇想天外な物語。

アルケミスト
夢を旅した少年
パウロ・コエーリョ
山川紘矢＋
山川亜希子＝訳
スペインの羊飼いの少年は、夢に見た宝物を探しに旅に出る。その旅はまた、人生の偉大なる知恵を学ぶ旅でもあった……。感動のベストセラー。

星の巡礼
パウロ・コエーリョ
山川紘矢＋
山川亜希子＝訳
奇跡の剣を探して、スペインの巡礼路を歩くパウロ。それは人生の道標を見つけるための旅に変わって……。パウロが実体験をもとに描いた処女作。

ピエドラ川のほとりで私は泣いた
パウロ・コエーリョ
山川紘矢＋
山川亜希子＝訳
久々に再会した修道士の友人から愛を告白され戸惑うピラールは、彼との旅を通して、真実の愛の力と神の存在を再発見する。世界的ベストセラー。

第五の山
パウロ・コエーリョ
山川紘矢＋
山川亜希子＝訳
紀元前のイスラエル。工房で働くエリヤは、子供の頃から天使の声が聞こえた。だが運命は彼女のささやかな望みは叶えず、苦難と使命を与えた──。

角川文庫海外作品

ベロニカは死ぬことにした

パウロ・コエーリョ
江口研一＝訳

なんでもあるけど、なんにもない、退屈な人生にもううんざり——。死を決意したとき、ベロニカは人生の秘密に触れた——。

悪魔とプリン嬢

パウロ・コエーリョ
旦 敬介＝訳

「条件さえ整えば、地球上のすべての人間が喜んで悪をなす」——悪魔に取り憑かれた旅人が山間の田舎町で繰り広げる、魂を揺さぶる衝撃の物語。

11分間

パウロ・コエーリョ
旦 敬介＝訳

セックスなんて11分間の問題だ。世界はたった11分間しかかからない、そんな何かを中心に回っているのだ——。世界№1ベストセラー！

アルプスの少女ハイジ

ヨハンナ・シュピリ
関 泰祐・阿部賀隆＝訳

不幸な境遇にありながらも、太陽のように人々の心を照らしてゆく少女ハイジ。壮大な自然の中で繰り広げられる、純真な愛と幸福の名作。

古代への情熱
発掘王シュリーマン自伝

シュリーマン
佐藤牧夫＝訳

「トロイアの都は必ずあるという信念は、波瀾に富んだ人生のどんな不幸なときにも、私を見捨てることはなかった」〝発見の悦び〟を描く名著。

トウェイン完訳コレクション
ハックルベリ・フィンの冒険

マーク・トウェイン
大久保 博＝訳

自由と開放の地を求めミシシッピ河を筏で旅してゆくハックルベリが、様々な人種や身分の人と出会い大切なものを学んでゆく、感動の冒険小説。

トウェイン完訳コレクション
トム・ソーヤーの冒険

マーク・トウェイン
大久保 博＝訳

わんぱく少年トムが相棒ハックと共に繰り広げる様々ないたずら騒動。子供の夢と冒険をユーモアとスリルいっぱいに描く、少年文学の金字塔。

角川文庫海外作品

リンドバーグ(上)
——空から来た男
A・スコット・バーグ
広瀬順弘＝訳
スピリット・オブ・セントルイス号が滑走路に舞い降りた！　人類初の単独無着陸太西洋横断飛行を成し遂げた男の人生をつぶさに追う決定版評伝。

リンドバーグ(下)
——空から来た男
A・スコット・バーグ
広瀬順弘＝訳
膨大なデータや入念な取材から愛児誘拐事件の真相、妻とサン＝テグジュペリとの愛など、人間リンドバーグの内面を緻密に綴るドラマチック巨編。

ダ・ヴィンチ・コード(上)
ダン・ブラウン
越前敏弥＝訳
ルーヴル美術館館長が死体となって発見された。殺害当夜、館長と会う約束をしていたハーヴァード大教授ラングドンは、捜査協力を求められる。

ダ・ヴィンチ・コード(中)
ダン・ブラウン
越前敏弥＝訳
現場に駆けつけた、館長の孫娘でもある暗号解読官ソフィーは、一目で祖父が自分だけにしか分からない暗号を残していることに気づく……。

ダ・ヴィンチ・コード(下)
ダン・ブラウン
越前敏弥＝訳
暗号を解き進む二人の前に現れたのは、ダ・ヴィンチが英知の限りを尽くして暗号を描き込んだ絵画〈最後の晩餐〉だった！

ペギー・スー
i 魔法の瞳をもつ少女
セルジュ・ブリュソロ
金子ゆき子＝訳
魔法の瞳でお化けを退治する14歳の少女ペギー・スー。誰にも知られず孤独に苦労を重ねて戦い続ける、痛快ヒロイン・ファンタジー登場！

ペギー・スー
ii 蜃気楼の国へ飛ぶ
セルジュ・ブリュソロ
金子ゆき子＝訳
砂漠の孤独に耐えられない人々が、不気味な蜃気楼に消えてゆく危険な町。ペギーと相棒・青い犬が人助けを開始する、冒険ファンタジー第二弾！

角川文庫海外作品

ペギー・スー iii 幸福を運ぶ魔法の蝶
セルジュ・ブリュソロ　金子ゆき子＝訳
通称〈魔女〉のペギーの祖母が住む村に伝わる、幸福を運ぶ巨大な蝶が瀕死の危機!?　雲の上から地底の国へ、大波乱の冒険に。ペギーの活躍第三弾！

ペギー・スー iv 魔法にかけられた動物園
セルジュ・ブリュソロ　金子ゆき子＝訳
砂に変えられた恋人セバスチャンの魔法を解くためにやってきた湖の町で、宇宙から呼び寄せられた怪物たちと大戦争!?　生死をかけた第四弾！

ペギー・スー v 黒い城の恐ろしい謎
セルジュ・ブリュソロ　金子ゆき子＝訳
再びセバスチャンの魔法を解く鍵を探し、奇妙な村〈黒い城〉に辿り着いたペギーたち、骸骨ドクターに身体を切り刻まれる!?　恐怖の第五弾！

ペギー・スー vi 宇宙の果ての惑星怪物
セルジュ・ブリュソロ　金子ゆき子＝訳
数々の冒険を経て成長したペギーたちが、ついに時空を超えて人助けにやってきた！　巨大なタコ足怪物と対決する、スケール倍増の第六弾！

新訳 アーサー王物語
トマス・ブルフィンチ　大久保　博＝訳
六世紀頃の英国。国王アーサーや騎士たちが繰り広げる、冒険と恋愛ロマンス。そして魔法使いたちが引き起こす不思議な出来事…。

完訳 ギリシア・ローマ神話（上）（下）
トマス・ブルフィンチ　大久保　博＝訳
ギリシア、ヨーロッパはさまざまな神話や伝説の宝庫である。ギリシア・ローマ・北欧の神話を親しみやすく紹介し、〝伝説の時代〟を興味深く語る。

オペラ座の怪人
ガストン・ルルー　長島良三＝訳
華やかなパリ・オペラ座の舞台裏で続発する奇怪な事件、その陰に跳梁する怪しい男……そして運命のその夜、悲劇は起こった！　不朽の名作。

角川文庫海外作品

聖なる予言
ジェームズ・レッドフィールド
山川紘矢＋山川亜希子 訳
ペルーの森林の中に眠っていた古文書には人類の意識変化について九つの知恵が記されていた。世界的ベストセラーとなった魂の冒険の書。

第十の予言
ジェームズ・レッドフィールド
山川紘矢＋山川亜希子 訳
霊的存在としての人類は、なぜ地球上に出現したのか。そしてこれから何処に向かおうとしているのか。世界的ベストセラー『聖なる予言』の続編。

人生を変える九つの知恵
『聖なる予言』の教え
ジェームズ・レッドフィールド
山川紘矢＋山川亜希子 訳
ベストセラー『聖なる予言』に記された九つの知恵を、日々の生活の中で実践するためのスピリチュアル・ガイド・ブック。九つの知恵が自然と身につく。

太陽の王 ラムセス 1
クリスチャン・ジャック
山田浩之＝訳
古代エジプト史上最も偉大な王《ファラオ》、ラムセス二世。その波瀾万丈の運命が今、幕を明ける——世界で一千万人を不眠にさせた絢爛の大河歴史ロマン。

大神殿
太陽の王 ラムセス2
クリスチャン・ジャック
山田浩之＝訳
亡き王セティの遺志を継ぎ、ついにラムセス即位の時へ。だが裏切りと陰謀が渦巻く中、次々と魔の手が忍び寄る。若き王《ファラオ》、波瀾の治世の幕開け！

カデシュの戦い
太陽の王 ラムセス3
クリスチャン・ジャック
山田浩之＝訳
民の敬愛を得た王ラムセスに、容赦無く襲いかかる宿敵ヒッタイト——難攻不落の要塞カデシュの砦で、歴史に名高い死闘が遂に幕を開ける！

アブ・シンベルの王妃
太陽の王 ラムセス4
クリスチャン・ジャック
山田浩之＝訳
カデシュでの奇跡的勝利も束の間、闇の魔力に脅かされるネフェルタリの為、光の大神殿を築くラムセスだが……果して最愛の王妃を救えるのか!?

角川文庫海外作品

太陽の王 ラムセス5
アカシアの樹の下で
クリスチャン・ジャック
山田浩之＝訳

ヒッタイトとの和平が成立、遂にエジプトに平穏が訪れる――そして「光の息子」ラムセスにも静かに老いの影が……最強の王の、最後の戦い！

光の石の伝説I
ネフェルの目覚め
クリスチャン・ジャック
山田浩之＝訳

ラムセス大王の治世により平和を謳歌する古代エジプト。ファラオの墓所を建設する職人たちの村に伝わる秘宝をめぐる壮大な物語が幕をあける。

光の石の伝説II
巫女ウベクヘト
クリスチャン・ジャック
山田浩之＝訳

ファラオの死により庇護を失った〝真理の場〟。次々に襲いかかる外部の魔の手から村を守ろうと立ちあがった巫女の活躍を描く波瀾の第二幕。

光の石の伝説III
パネブ転生
クリスチャン・ジャック
山田浩之＝訳

テーベとペル・ラムセスの間でファラオの座をかけた争いが繰り広げられる中〝真理の場〟では一人の勇者が命を落とした。いよいよ佳境第三巻！

光の石の伝説IV
ラムセス再臨
クリスチャン・ジャック
山田浩之＝訳

孤独な勇者パネブと王妃タウセルトはエジプトの平安のために力を合わせ最後の戦いに挑む。著者が全身全霊で打ち込んだ感動巨編、ついに完結。

闇の帝国
自由の王妃アアヘテプ物語1
クリスチャン・ジャック
山田浩之＝訳

ヒクソスのエジプト侵略。悲劇の運命に翻弄されながらも気高く戦い抜いたエジプトの王妃アアヘテプの人生を、C・ジャックが蘇らせる！

ふりだしに戻る(上)(下)
ジャック・フィニイ
福島正実＝訳

サイモンは、九十年前に投函された青い手紙に秘められた謎を解くために過去に旅立つ。奇才の幻のファンタジー・ロマン。